与生命对话

A
Dialogue
with
Life

Sue 著

九 州 出 版 社
JIUZHOUPRESS

"Sue 说" 文章合辑（2018）

"关于这个世界，以及超越这个世界的，真相"

触及这些真相，看清所有的幻觉，
就意味着幻觉的消失，活在真实里，
此时才会拥有真正的爱与美、慈悲与智慧，
才能身处喜悦的至福当中，
融合无间地存在于本身就是创造的生命里。

微信公众号：Sue 说
（语音版已在喜马拉雅"Sue 说"上线）

目　录

这个／这些真相，
不属于任何人，
不依赖于任何人而存在，
而是它自己就会有
喷涌而出、源源不断的表达。

序篇

开设一个 Sue 的个人公众号，这个想法其实由来已久，但一直没有实施，那是因为从一开始就跟自己"有约在先"：

这件事值得做，但是有一点必须非常明确才可以，那就是：做这件事不是为了名利，也不是为了自我满足，而是只能来自那份纯净和空无。

直到有一天，这一点终于澄澈无比，就有了这个公众号的面世。

正如简介中所说的那样，她的存在，是为了探索以及述说关于这个世界，以及超越这个世界的真相。

这个 / 这些真相，不属于任何人，不依赖于任何人而存在，而是它自己就会有喷涌而出、源源不断的表达。

就像它会表达为，让花会开，让鸟会飞，让风吹草动、斗转星移，让万物生长、四季交替。

就像生命本身就是意义，一种与任何人、与任何个人看法、与人赋予它的意义无关的意义。闻闻那些花儿，抱抱那些树，让阳光洒在脸上，看雪花落在肩膀，到草地上、雪地里打个滚，这本身当中就有生命纯净的喜悦和蓬勃的鲜活，与任何人为赋予的意义无关，生命本身就是美和宇宙智慧最直接的体现。

至爱

2018-03-14

与那至爱，再没有片刻分开。

它就在小白 [1] 乌溜溜的眼珠里，花花 [2] 出力伸出的懒腰中，还有暖阳照耀下睫毛扑闪出的七色光彩里。

存在于冬日暖阳下光秃秃的细枝末节在微风中的颤动，存在于攀缘其上的枯藤中。

存在于每一丝空气中，每一片叶子里，每一个分子中，每一个细胞里，每一缕阳光中，甚至阳光下飞舞的每一颗灰尘里。

那无处不在的宇宙秩序和智慧，就是爱。就好像你第一次被它充满，也永远都是第一次。脱掉思想的枷锁，它永远与你同在。

存在于你的每一次呼吸，每一下心跳，你的每一个动作里。存在于你的每一次咀嚼里，你吞下的不是食物和营养，而是爱。

你的生命将永远不再贫瘠。那样一种满溢，让你不得不合上书闭上眼，任它穿透弥漫浸润。它无需任何有形承载，也无法承载。它确是一种爆发。

---

[1]、[2]：为作者家中一狗一猫两只萌宠，稍后也会在书中现身。另，除仅有的一幅人像摄影外，所有照片均为作者本人拍摄。——编者注

从此，尘世的悲喜，再也无法沾染你。

在静夜里，跟整个宇宙一同悸动。

你与天际与星辰的连接再也不是出自想象。

你就是午夜远处呼啸而过的车声，你就是从窗外倾泻进来的如水月光，你就是悬在天边那颗闪亮的星星。

被至福溢满心胸，几乎喜极而泣。

洞察这个世界的真相，从那条充满幻觉的意识洪流当中解脱出来，复归于那至爱，便是人相对于万物的独特性所在。而这个真相能不能被领悟，就决定了人的一生是被虚掷浪费还是物尽其用。

所谓生而为人的使命。

否则，人与一只在瑟瑟冬日里啃食鲜花的蚜虫有何不同？

今后的人生，但愿你不要这样度过：因为捍卫的是镜花水月，所以把人生变成了一场毫无意义的梦境。

奴隶

2018-03-15

一夜强劲的北风吹走了连日来遮天蔽日的雾霾，清晨时分吹来了浓厚的云层，低低地压在屋顶，那份殊胜庄严，远胜多少庙堂高殿。待到傍晚时分，已是万里无云，微风轻拂，百鸟齐鸣。

有没有发现其实不是我们在使用思想，而是生命在被思想挥霍？

表面上看起来是人在使用思想这个工具，但实际上，人类早已沦为了思想的工具。

过去，作为一种已经湮灭的存在，它的鬼魂，以思想的形式，控制着现在。

思想为了确保自身的安全，突出自身的重要性，囚禁了一个又一个生命。

思想突出其重要性的表现就在于，无论发生什么事，它都要出来说三道四横加干涉，用概念取代事实，混淆心理上和身体上的安全，让看法、观点凌驾于事实之上，捏造出一个思想者，构造出一个心理王国。这是所有麻烦的开端。

思想只是搞了个角色扮演，一人分饰两角，就把人类整了个地覆天翻。

思想本来作为一种认识世界和沟通交流的工具，有其存在的必要性以及合理的位置。但是，当思想对于内心的发生比如感受类的东西开始介入，形成心理上的记忆或者目标，进而用思想去解决心理层面／精神层面的问题，开始进入心理领域，开始具有心理意义或者心理上的重要性，所谓的"越位"就发生了，于是产生了自我，以主人或者核心自居，分裂产生，各种冲突和痛苦也就接踵而至。

所有人都在有意无意借助思考或者运用思想来解决心理／精神层面的问题，"思想无所不能"这个结论早已经深深嵌入人类的潜意识当中，殊不知，人类的所有心理问题恰恰由它一手造成。

思想在不该出现的地方出现，鸠占鹊巢，这是我们最根本最顽固也最具破坏性的模式。

思想，一把利刃涂上了无所不能的甜蜜伪装。

此外，思想以概念代替实物，或者挡在实物跟前，对于直接感知这个世界，是一种巨大的阻碍。这也是思想或者知识最主要的局限或者限制作用之一。

当你对一件并不会对你身体造成接触类威胁的事情（比如一句话、一个说法）产生应激反应（比如身体突然紧张收缩、心跳加快、呼吸急促），那就说明必定有一样虚假的东西被你当成了真实的东西来保护。

当情绪有起伏，哪怕非常轻微，我们也会有慌乱感，觉得心烦意乱不知所措，情急之下容易做出各种不智的反应。

这里面有两点，一是身体处在应激反应状态，本身就不稳定、不平衡，二是伴随情绪出现的感受，是新鲜的甚至是强烈的、有冲击力的。而思想对于任何未知的东西，都会感到恐慌，恐慌之下，以理性著称的思想早已失去了理性，所以在情急之下容易指挥身体产生各种不智的反应。

人类一直被思想驱动或控制，到头来没有人是赢家，只有思想得逞，占据着牢不可破的位置，因为思想在这个过程中牢固地树立了"自己才是解决之道"这个信念，自然可以千秋万代，就像蛇咬住了自己的尾巴，这个死循环就可以一直延续下去。这完全是思想为保障自身安全所使的诡计，但不幸的是，它一直是得逞的，所以人类才会走到如此地步。

换句话说就是，思想就是通过制造人类世界各个层面的冲突来保全自身位置的，为此不惜让人类付出毁灭的代价。很多朋友想必都已经见识了那些新鲜问世可以精准打击的无人机，人类自相残杀的手段简直日新月异、登峰造极。

所以，要不要继续做思想的奴隶？

瞬间

每一刻发生的　只是
变化
可实际
每个瞬间　都可以
重生
愿你有颗赤子之心
一尘不染
波平如镜
活力四射
有着无二无别的
似火激情　跟清凉寂静
不需要认同任何
也不需要任何认同
就像倾泻而下的阳光
就像蝴蝶挥动的翅膀
就像春天初绽的鲜花
就像秋天饱满的果粒
兀自美丽
却与整个宇宙的秩序浑然一体
你若是发热发光的火焰
跟汩汩活水的源泉
哪里还会需要抱团取暖
弱水三千

2018-03-16

对于生活的每一个瞬间　你是否在场
因为那是你所有的唯一
这个瞬间如此宝贵　哪有工夫忧惧妒　怨恨悔
你和这个世界　和所有的事实　本是一
世界本就一瞬　这一瞬万籁俱寂　万物一体
没有了思想的隔离

每一个未被思想捕获的瞬间
都是至福
每一寸未被思想占据的空间
都是天堂

当评判叫停　世界顿时安静
细致生动的丰富真相在敏感下瞬间涌现
目不暇给　无需寻觅　只需看见
就像一个孩子突然置身
流光溢彩五光十色的琉璃空间
狂喜漫过指缝　溢满心田
却丝毫没有抓取留驻的意愿
觊觎那清静的五彩斑斓

关注每个瞬间的发生
醉人的美景
只是真相带来狂喜的万一
所谓的殊胜庄严
就在每一个没有时间的眼前

树

A tree, of whatever category, however tiny or giant, is the most marvelous thing.

一棵树，无论什么种类，也无论何其细小或何其巨大，都是最为非凡的存在。

树真是一种神奇非凡的存在，每一棵都值得静静伫立，深深凝望。哪怕是冬天的树，无论是发丝素净的杨柳，还是俗称法国梧桐的球悬铃木。那光秃秃的根根枝条里，有狂野的生命力。

干枯却顽强屹立枝头的寥落叶片，像一面面小小的旗帜，在北风长时间的劲吹下，即使无风也随枝条一同偏向南方。或孤立或对生的大大小小的毛球在那里招摇，等胖乎乎的喜鹊前来停靠。暮色渐沉，连剪影都那么美。

要么撑一把清瘦的枝条，映着粉紫黛灰的天空，世界立时显得格外静穆。

抑或是一株暮冬的玉兰，透过弯曲的枝条和瘦削的芽苞，你可以看见她的盛放和满溢的芬芳，整个四季从指缝间转瞬流淌。

又或者，蓝天，竹叶，枯枝，连同那只隐在枝间小憩的灰棕色的鸟，在冬日的暖阳下，都熠熠发着光。各种啁啾在耳，微风吹过，竹叶低语，间或有大小鸟只，或无声滑翔，或扑棱棱振翅飞过，不知道你还要看怎

样的造物神奇？

一个生命最首要的"工作"，是跟整个生命一体地存在，而不是仅仅抽象地处理得到的信号，虚实混淆，然后在这个基础上予取予求——那是太微不足道的一小部分了。

当你与那个让花会开鸟会飞、让风吹草动斗转星移四季更迭万物生长的东西完全一体，哪里还需要什么身份感、延续感？

当你与大自然复归一体，那种疗愈的力量，远超许多着意而为的窍门跟方法。

那股平静的纯净能量，你几乎意识不到它的存在，它若有若无，好像空气一样，但是你一旦体会到或者感受到它的存在，那就是一股强大而澎湃的力量，尽管依然可以静寂无声。

伸出双臂环抱一棵树，亲身感受一下补充能量和治愈身心的一流功效。或者待春来，张开手掌贴在新鲜细致的树皮上，体会你的生命和这个生命的息息相通、能量流动、紧密交融。

生命远不止我们平常所见的那些，它要广阔得多。

你就在它当中，不用看向任何地方。

那生命就是爱。

疗愈

2018-03-18

　　层层花瓣就像是通往天堂的阶梯，或者黑暗中引路的支支火炬。

　　静静凝望其中蕴含的光影、色彩、纹理、质地，其意义永远无法由世俗的成就和成功所代替。

　　你也许拍不出刚刚割过的青草香，草叶上闪亮的雨珠跟跳跃的阳光，但是足以疗愈心境，明亮心情。

　　更有甚者，如果你见过春末北京马路中央盛开的蔷薇，哪怕只是驾车疾驰经过，也拥有让人重生的力量。

谁说让繁花这样盛开的不是爱。

天空中有梦幻般颜色。那个颜色美到,你只消静静看着,就能得到治疗。

望着蓝天,一阵清风拂来,仰起头,闭上眼,体会每一个毛孔的微笑和舒展。

天空清澈,衬闪亮的叶,生命美得不像话,时常让你几乎化入其中,连呼吸都忘却。

当你融入远处连绵的深蓝色山峦中的每座山峰,当你融入天边那层层叠叠深深浅浅或浓或淡的云朵当中,当你融入远处黛色山脉和白色云层相交的那一条清晰而又玲珑的曲线之中,你没有思想也没有言语,只有和那美融为一体。

所以,谁说人不能体会苍鹰翼梢的劲风和御风而行的狂喜?当你与这世界复归一体,它就能带你翱翔于天际。

弯月下,暮色中,时常和花花一起,看鸟儿一只又一只、一群又一群飞过。

她会端坐在暖气上方的窗台上看风景,夕阳斜斜照过来,身侧的毛发在傍晚的余晖中纤毫毕现,随着自下而上蒸腾的热气闪着金光丝丝舞动,你被完全折服,几乎动弹不得。

深夜的寂静更是让人屏住呼吸,呼啸而过的车声和此起彼伏的虫鸣,让夜的寂静更加浓烈,像是醇酒令人迷醉而又清醒。

无条件的爱就笼罩在四周,让你忍不住张开双臂拥抱生命,就像一棵树,打开每一个细胞迎接浸透身心的阳光雨露。

旅程

2018-03-19

16日启程赴美，韩国仁川转机，恰逢日落时分，梦幻蓝的海天跟熔金的落日，让这次旅行有了一个华丽丽的开始。

到达洛杉矶时已近黄昏。随后前往 Ojai 的路上，一直飘着三月里的小雨，云跟海齐齐壮观。加州的雨季已临近结束，雨量仍显不足，山火肆虐后的土地急需甘霖。上次造访已是八年前，一路驶来，那些曾经驾车多次经过的路牌，又重新开始熟悉起来。临近 Retreat 的路上，一只硕大的负鼠在车灯照耀之下，慢吞吞地过着马路，我们不得不停下车来等它过去。到达时天已全黑，空气里弥漫着桉树的味道和橙花的甜香。

次日清晨一览美景，看到眼里，疗愈自动发生。

午后，一行人徒步远足，穿过山火曾经吞噬的山谷，大地修复自己的顽强生机令人折服，登高后俯瞰整个欧亥山谷，那摄人心魄的广袤永恒让时空瞬间凝固。

连日来对话与探索从未停止。只有在对自己内心的深入探索、与自然的彻底交融之中，那超越时间的真相才有呈现的可能。

思想

日晕之后，终于像模像样下起雨来，天气竟然比晴天还要暖和，温润怡人。

观察思想是如何控制生命的，是个非常有趣的过程，但是生命被思想控制的过程本身，只能说太可悲了。

有没有觉得你的生命，被思想偷去了大半？有多少时候，是思想在指挥和支配你的行动？有没有发现觉察提升你的血槽，思想降低你的血槽？让大脑和身体加速衰老的罪魁祸首，是进入心理领域的思想。思想在内心堆积的包袱和对内心空间的占据，是对生命的巨大伤害。

这里的"思想"已经不是在其位而是越位的思想，否则也不会有"控制"一说，它已经背离了生命，就像癌细胞，你硬说它是身体或者生命的一部分也行，只是它的成长壮大与整个生命的健康早已大相径庭。

这么说并不是在贬损或者批判思想，而是如实地指出思想的局限性以及它造出了思考者进而造成了巨大的混乱这一事实。

人类受到思想的制约，太过深重，而思想通常只有蹩脚的逻辑，却没有真正的理性。

它混淆了物理世界和心理世界，把物理世界的事实抽象成概念照搬到心理世界，一厢情愿地用物理世界的规律来同化心理世界，同时也把物理世界的区分滥用到了心理世界。这些同化和滥用表现在：

身体上有你我之分，然后觉得心理上也有你我之分；

物理世界有明天，就以为心理世界也有明天；

物理世界实现一件事需要时间，就以为心理上实现什么也需要时间；

技术上存在改进，觉得心理上也存在改进，可以设定目标然后按部就班地教和学，于是开始了剥削以及被剥削；

错把心理上的安全感当作身体上的安全来追求、来保护，错把心理威胁当作身体危险来对待，这就表现在面对心理威胁时产生的反应跟面对身体危险时的反应如出一辙。

思想具有迥异于当下事实的本性：抽象、陈旧、僵化、片面、破碎、虚幻，这就决定了它必然会篡位，篡夺或者捏造出一个至高无上的位置，那就是"我"。思想，对于思想者的产生并不敏感，或者说正是它造就了思想者。思想只是生命中的一个工具，本应是一个很小的部分，但它占据了一个过于重要的位置，而它的这种凸显自己重要性的惯性自己没法改变，所以思想解决不了它自身的问题，它再怎么想方设法去解决都无济于事。

思想是人类进化的必然产物，而由于它与生俱来的局限性，它的越位也属在所难免。

那么，这个越位是否无解？

洞察

思想进入内心领域，自我当即形成。

这个幻觉会一直存在，除非洞察发生。

思想是人类进化的必然产物，而由于它与生俱来的局限性，它的越位在所难免。

只要大脑还在，头脑的抽象功能还在，思想利用概念制造幻觉的能力或者可能性就依然存在。思想非常狡猾，会假装看到事实，或者自我会假装消失。思想会把一切为自己所用，用来巩固自己的地位，无论是痛苦、领悟还是天赋。思想或者自我不止狡猾，还具有强大的惯性。而概念，作为思想活动最基本的单元，它对于人的各种影响，没有细致入微的观察，非常难以发现。

也就是说，无论发生了什么改变，对于思想时时刻刻的小动作都需要格外注意，不能掉以轻心，四处飘散的思想碎片，随时有可能凝聚成一个 monstrous illusion。

改变或者停止这个过程的力量只能来自思想之外，它可以让思想只是作为一个有用但不格外突出的工具乖乖就范，而这股思想之外的力量或者能量就是洞察。

或者说，对上述这一切的深刻领悟，就是洞察。这份洞察并不是某种外在之物，它来自整个生命，从完整的生命当中而来。

并不是说一定先要破除藩篱才能有洞察，洞察的发生也可同时破除所有藩篱，而这确实需要某种敏感或者安静，哪怕是暂时的安静，才让那种洞察有发生的可能。

当内心有任何过程发生，比如有情绪发生时，当思想不参与进来、不干涉，同时对这个过程的发生有着自发的浓厚兴趣，那么情绪的真相或者关于情绪的完整事实就会呈现出来，不仅是情绪本身会迅速但自然地绽放、枯萎，而且关于这整个心理过程的前因后果、来龙去脉以及底层的结构和机制也会清晰，这种清晰或这份洞察，足以切断所有心理痛苦产生的根源。

而这份洞察从来都不是集中在一个点、一个细节、一个环节，而是整个过程。意识洪流的本质或者是内容，都在洞察的范围中。意象或者自我的虚幻本质，就是洪流中内容的本质，或者说就是那条洪流的本质。如果真能认清其虚幻的本质，就根本不存在打破的问题。这份洞察即是清除，不是观念性的否定，不是思想或者意志力带来的，也不是由想要清除什么的动机引发的，而是有了自发了解的热情，在勤奋探索时清扫的过程会自然发生。清扫带来了安静，在某个安静的瞬间，洞察真相，突变发生。突变发生，脱出意识洪流，来到另一个超越时间的维度，但那并不是凝固的停滞状态，而是如同走钢索一般警觉的自发勤奋，那就是冥想。

而只有怀着非常自发的强烈热情，才有可能不停下质疑或者了解的脚步。对思想的活动和自我的本质这些问题本身，我们是不是有真诚的兴趣和热情把它追究到底？如果有，那股强烈的兴趣和热情，自会把你带到该去的地方。

春

2018-03-27

来，今天告诉你另一个真相，

那就是，北京的，春！天！来！啦！

论纯粹，论复杂，论精妙，

一艘火箭尚不及一朵盛开的小小山桃。

她兀自开放，

赞美多一人少一人，

对于那份超越时间的美，

没有丝毫增添或减损。

意识

2018-03-28

人类共有一个意识，在同一条意识洪流里。

一条意识河，一棵思想树。你和我就像一个人。

之所以叫"意识洪流"，是因为里边的具体内容非常之多，而且具有惊人的力量，我们每个人都被其中的概念所裹挟、所推动，比如"我"，比如"成为什么"。然而，人类意识洪流的力量虽然极其强大，裹挟着整个人类向前，但全人类思想意识的内容加在一起，真实性还不及你手上薄如蝉翼的一张纸。那就是，"纸"这个概念、这个词，与你手上的一张纸这个真实的事物本身，这两者之间的天壤之别。

人类意识洪流里的内容，核心是越位到心理层面的思想。思想因其自身的局限性而越位到心理层面，在那里占据了一席之地，而且是唯一重要、压倒一切的地位。赋予思想得出的观点、结论、概念以重要性，替代事实，僭越事实，尤其是捏造出一个"我"的概念，来巩固这种地位。强调"我"的地位，实际上也就强调了一种分裂性，与意识整体的分裂，而实际上它跟这个整体并不是分开的，它只是这个整体当中的一个概念而已。人在心理上积累知识和经验，得到虚幻的安全感，再加以捍卫，同时把过去积累起来的东西留到现在，再投射出心理上要去追求的目标，也就是想成为什么，把过去带到将来，形成一种延续感，产生了心理上的时间感。

而所有这些内容有一个共性，那就是与事实异质的虚幻性，也就是说人类意识的整体这条澎湃的洪流，是一个内容丰富的幻觉大集合。这整个意识，这整条洪流，是一个大大的幻觉，其本质是虚幻的，实质是思想抽象出来的概念，或者说是占据了不该占据的重要地位的概念的大集合。

所以，人类意识洪流的内容虽然庞杂，但是机制和本质非常简单，本质属于非事实的虚幻，机制是以虚幻去影响和塑造现实。"自我"这个幻觉长久存在于意识洪流里边，这条洪流里全是基于个人意识的幻觉，可以说意识洪流里的所有内容都是执念，因为都是心理记忆。

意识活动本身是发生在脑中的真实存在的过程，关键是意识的内容是不是真实的。我们通常所说的"意识"，并不是指意识活动过程本身，而是指意识的内容，也就是所谓"意识就是意识的内容"，没有那些内容，意识或者意识活动本身便无法存在。

局限的意识洪流是死亡之流，真正的生命在那条洪流之外，那是无限跟永恒。剥离了心理记忆那些拖泥带水的腐肉，事实记忆从意识洪流里骨感地脱出，同时也瞬间拥有了磅礴的爱和丰沛的感受作为新鲜的血肉，生命得以重生，甚至可以说，一个真正鲜活的生命才终于得以诞生。否则就跟一具被过去发生的已死之物控制的僵尸无异。

人类真正的"独特性"就在于，一是人区别于动植物，它们没有"解脱"这个问题，二是从全人类共有的意识洪流里出来的人，才是真正与众不同的，没出来就没什么不同。

一个人在活着的时候没有瓦解掉自我，那些幻觉就会随意识洪流留存下去，你也可以说这是一种"永恒"的延续，但那是一种腐朽与死亡的延续，与那个浩瀚无边的基础（the ground）、与真正超越时间的永恒没有关系。

所以，如果依然处于人类意识洪流当中，依然被其所裹挟，我们与其他人属于难兄难弟同病相怜，我们连鄙视他人的资格都没有，那不过是五十步笑百步罢了。

如果我们从中脱离了出来，那么对依然在其中受苦受难的同类则只剩下慈悲之心，蔑视之情根本连发生的机会都没有。

松绑

2018-03-29

有没有觉得，我们的生活，甚至我们的生命，被某种无形的东西牢牢绑缚？

心理上，你我之间、自他之间有距离，心理现状与心理目标之间也有距离，这种距离带来了无尽的痛苦和纷争。为什么不质疑一下这种距离的真实性？为什么不质疑一下我们所有的感受和想法？为什么不质疑一下我们脑子里的所有结论，包括它们的内容和本性？为什么不质疑一下我们心里、我们嘴上刻刻不离的那个"我"，它究竟是什么？

对于生活中的习性反应以及当中包含的结论，我们是怎么做的？是为它找原因，把它合理化，是厌恶、自责，还是通过质疑去了解它产生的来源、机制和影响，从而带来某种松绑和更多的空间？最初的自由，就来自最后一环评判的停止，来自对所有司空见惯、看似理所当然的东西的好奇和质疑。

提问、质疑，并且永远不用一个答案来填补，是太过宝贵的一项品质。这项品质之所以重要，是因为它起码有助于发现我们心中预先的设定，发现了就有松动的可能，给内心开辟出一点空间，撬出一道缝。

什么时候真正开始质疑自己的每一个看法，我们什么时候才有那么一点可能摆脱莫名其妙的受控，生命才可能拓出更多一些空间。真正的探索就是一个在浓厚的兴趣下通过质疑带来松绑的过程。如果足够敏感，如果懂得质疑，生活中任何一件小事或者冲突，都可以成为一个巨大的事件，成为深刻领悟发生的契机。

大多数的思想活动就像是投放在银幕上的电影，在非常狭小的阴暗角落上演着虚幻不实的内容，我们却被深深吸引难以自拔，离不开电影院的座位，能量和生命力被牢牢锁死，不知道外面还有蓝天白云、鲜花绿树、江河湖海、艳阳微风。

思想不进入心理领域，不制造出心理需求然后再雇佣自己去满足这个心理需求，才可能有自由，这个世界才有救。要吹散思想的所有灰霾跟迷雾，就需要刮起一场质疑的飓风。

当思想松绑，你立时可以感受到头皮放松，眉头舒展，嘴角上扬。思想枯萎，心灵才能复苏。思想退位，生命的意义才能显现，才能光芒四射。

思想停摆，有了一丝空隙，真相才有从中浮现的机会。没有思想的参与，就没有改变的意志，乌云立时散去，障碍全消，此时真相才能得以显现，一切自然发生，就像呼吸牵出微风，飞鸟振翅无痕，心跳花开有声。

方法

2018-03-30

跟物理世界不同，内心世界的手段跟方法，不但毫无助益，而且只会成为阻碍，因为它的存在本身，就是分裂的表现。

这个世界本是一，真相本来和你没有距离，真实存在的只有当下的发生。是思想的介入硬生生造出了那一个本质虚幻的"二"，形成了概念与事实、理想与现状之间的分裂，也形成了一个不可逾越的距离。

这个距离就是目标、途径、达成。这个距离之所以不可逾越，是因为它本身是一个虚幻的存在，而一个虚幻的存在，只能被看清从而烟消云散，却无法被逾越。

所以这个"达成"的意欲，恰恰否定了它自身的实现。或者说，解脱的愿望，使得解脱成为了不可能。

而方法的存在，正是作为跨越那个距离的手段，这就赋予了那种虚幻以不恰当的合理性和真实性。

方法存在，就意味着必定有个目标存在，这个目标要么是内心的某种改善，要么是更终极的彻底转变或者所谓"突变"。表面看，方法是实现目标的手段，而实际上目标和方法是相互依存的，一个无法脱离另一个单独存在，一在俱在，一损俱损，甚至可以说，手段即目标。目标看似属于未来，但实则来自过去和已知，是记忆被加工后的投射，属于毫无真实性可言的思想范畴，看似新鲜有待实现，实则陈旧僵死。真理或真相无论如何都不在那个方向。

目标指引的那个方向绝非我们此刻的事实，可我们的目光被那个或隐或现的虚拟目标牢牢锁死，不自觉投向了此刻之外，离开了、忽略了伫立的此岸，只盯住对岸，却不质疑它的本质和真实性，直接被带入了一个虚幻之境，这就是我们最根本的问题所在。

追求目标，脱离现在，既是贪婪，又是分裂，同时也是逃避。所以，内心或精神领域的方法、练习，既强化了分裂、距离，同时也造成了拖延跟逃避，拖延直接看到真相。真相本来就在眼前，却以为需要借助各种方法和练习，跋涉万水千山才能抵达。思想设法拖延看到思想的真相，说起来也算顺理成章，只是害得人类累世悲伤。我们都有切身的体会，知道在这个被海市蜃楼般的愿景诱惑着去追求的过程中，有多少痛苦跟绝望。

同时，当我们要求自己寻求手段来达成目标，很容易会向外伸手，求助他人，寻找方法体系去参考遵照。在这个过程中，即使得到了某些支撑，那也不是来自内在真正的力量，反而给自己的依赖和别人的权威提供了丰厚的土壤。把心理领域的任何东西当作一门技术，设定目标然后按部就班地教和学，通过各种方法从正面去练习、去达到，都涉嫌剥削与被剥削。

归根结底，这整个"目标＋方法"的追求过程，依然是被思想掌控、思想继续强调自身重要性的过程，是一个加强自我的过程，即使追求的那个目标就叫作"终结思想"或者"瓦解自我"。换句话说，运用思想来终结思想、趋近真理，完全是南辕北辙、缘木求鱼、适得其反，纯属自欺欺人。所以才说，难得有人对内心的现状有些许敏感，从而寻找方法想要改变，但这又是另外一种"成为"，于是又从思想魔掌的左手，落入了右手。

真正的勇士

2018-03-31

你有没有每天早上新奇地望向窗外，像个孩子一样巴巴地等待礼物盒的打开，看阳光普照，万物生辉，用每一个细胞去体会，怒放的生命从来不曾卑微。

对自我的了解远不止缓解、平复、优化个人情绪这么肤浅，它具有远为重大的意义。

真正的勇士，不是横眉冷对他人的是非或社会的痼疾，而是磨刀霍霍向作为人类样本的自己。因为社会正是由我们每个人亲手打造。

扭转这个世界所需的智慧和爱，并非来自他人和外界，而是来自你的内在，由对自我的透彻了解而来。

内心发生的一切只是发生而已，发生是展现，等我们了解而不是等我们评判，明白了这一点就会释怀，然后了解的光才可能照进来。

试试观察自己内心的活动，就像看着一朵花片片绽放，不做任何干涉，也不插手任何，看看会发生什么，或者发现什么。对于自己想要做点什么的心思，也是同样看着。看看会怎样。

一个所谓的"领悟"如果没有力量，那它就只是思想层面、头脑层面的理解。那就是为什么我们听了很多道理，却依然过不好这一生。

所以最要紧是直接看到事实，看到了，力量和行动自会涌出，那些话再也不是反复用来提醒自己、说服自己的无力道理。

生命本是一体，莫让她分崩离析。

文字

文字有它的局限，但是可以穿透它，让它作为且只作为一个必要而有用的工具。

先不说文字是不是只能来自头脑，还是有可能来自对事实或真相的直接表达。先说在对文字的理解和体会中，头脑自然有它必要和恰当的作用和位置，但关键就在于，是只停留在文字层面的理解，或者在这个理解之上进行更多的诠释和引申，还是在理解了字面意思之后，有另外一种并非属于头脑的感知发生？这样的看或者感知，其实跟我们所说的"倾听"异曲同工。

直接去倾听或体会文字所指的那件事情本身，是可以碰触到内心最深处某些极为真实的东西的，那些东西不是抽象的、干瘪的，而是鲜活的、生动的、丰满的，就像心脏在怦怦跳动，就像一朵花正在那里开放，是可以有一种芬芳、一曲旋律传来的。

那个旋律就是文字指向的那件事情本身的真相，两个人同时看见了那件事，就像"花"这个词把目光引向了那朵真实的花本身，在两人同时看见的那一瞬，两个人不仅仅是有共鸣，有心灵相通，而且可以说，那个时候两个分开的人是不存在的，只有那个花的事实，和对那个事实的看到。

倾听语言或文字的时候，不是不能有质疑，只是需要明白这种质疑是不是接受的反面。如果既不接受也不反对，而只是想把事情的真相搞

2018-04-01

清楚，那样一种质疑，可以说是一种必要的探索，虽然与倾听不尽相同。

而在另一种情况下，或者换另外一个角度来讲，探索和倾听，就可以是同一件事情。那就是，不是只在倾听任何人的话语或文字，而是同时直接倾听或者观察那件事情本身，此时，对那些语言文字的倾听，跟对其中所说的那件事本身的倾听、观察和探索，就是同一个过程。

也许在今后的文章里，你会看到一些"老生常谈"的主题或者话题会被重新提起，甚至反复讲到，那是因为，在每一次重新开始对那个主题的探索当中，如果读者对这些问题抱有极大的好奇心和热情因而懂得认真倾听的话，是有可能随着那些表述看到思想、自我或者人类精神世界的真相的，每一次的阅读过程都蕴含着一次直接看到真相的可能。而直接看到真相就意味着什么，你懂的。

自我

有没有探究过，我们心里时时想着、嘴上刻刻念着的那个"我"，究竟是什么？

当我们心里想到"我"怎样，或者听见别人嘴上说到一个字"你"怎样，心里是不是就会泛起一丝涟漪，似乎打破了某种平静，就像自己珍爱的宝贝拿到了聚光灯下在被自己或他人点评，整个人就开始变得不再那么淡定。

如果这个"宝贝"得到认可、赞同、肯定，就会欣喜不已，甚至洋洋得意；如果被否定、反对、批评，就会气愤、伤心、痛苦、恐惧。这个"宝贝"对我们来说不仅感觉非常真实，而且显得十分重要，时时刻刻牵动着我们的喜怒哀乐、一颦一笑。

所以，"我"这个字，除去作为交流中一个必要的代词以外，已经具备了一种心理上的意义，被额外赋予了一种不可替代的重要性，一种几乎与生俱来的真实性，无论那是不是一种错觉。为了保护和捍卫这个"既真实又重要"的东西，我们倾尽一生孜孜努力，只为它能屹立不倒、光彩熠熠。

可它究竟是什么呢？是这个身体吗？这个身体你不把它称为"我的"，它依然还是那个身体，就像一朵花一样，它是一个不依赖任何名字、标签或归属而存在的实体。而"我"呢？试试不给它任何一个名字、一个词，看看它在哪里，看看它还是不是存在？况且，那个实实在在的血肉之躯，真的属于一个无形无相的所谓"你"吗？

那么，这个"我"或者"你"，究竟是个什么东西？当我们说"我很差劲"或者"我很了不起"，里边的那个"我"，指的又是什么意思？无疑它是一个抽离于、抽象于真实具体的事物之外的一个心理存在。这个心理存在似乎还具有一种延续性，从过去产生，延伸到现在，再走向未来。然而这种延续性是真实的吗？这个心理存在本身是个真实的存在吗？抑或只是一个与事实异质的概念或者形象？是不是正是这个概念或者形象的留存，造成了一种延续的错觉？

此外，你有没有观察过，"我"在每一个瞬间的呈现是什么？是不是一个接一个的想法或者感受？这些念头飞速掠过，就像开动的电扇，飞速转动的叶片看起来像是一个整圆，但实际上存在的只有一个个分开的叶片。延续感的错觉由此而生。但是当你观察得够细致，念头的活动就像一张张定格的电影胶片，延续感的幻觉顿时破灭。

"我"来自过去，来自经验，来自记忆，是从中抽取出的一个处在核心位置、统领全局的概念或者意象，所有的经验、记忆、知识都围绕这个核心来运转。然而这个核心本身又是什么？它是某种高于经验、记忆、知识的东西吗？抑或，它与那些东西同质同体，是其中的一份子，完全无法分开？当你真正懂得了这一点，就会立时体会到什么叫作你就是世界，你就是全人类，人类共处同一条意识洪流，共有同一些意识内容。而作为意识内容的知识、经验、记忆又是什么？它们不过是过去的发生遗留到了现在的灰烬和鬼魂，它们抽象、陈旧、僵死、破碎、片面，相对当下的真实，它们本质上虚幻无比，完全无法恰当应对此刻发生的丰富而又鲜活的事实。

当一个本质虚幻的东西被当作真实而重要的东西加以维护，后果自然显而易见，那就是各种不必要的过激反应，进而是不可避免的冲突和混乱，乃至大规模的战事和争端，就像两个秃子为一把梳子而开战。那么，既然"我"只是这个虚幻的整体当中的一个概念，为什么会被赋予一个格外重要的核心地位，被时时加以捍卫？当"我"的重要性、真实性、延续性得到捍卫，最终受益或者得以永续的又是什么？

反应

2018-04-05

在那极其微小、转瞬即逝的过程中，究竟发生了什么？

在生活中，当我们遇到了一些人事物，会产生各种各样或剧烈或温和、或明显或轻微的反应，这些反应通常会伴随着或者本身就包含着各种苦乐感受，很多时候还会引发内心或人际的冲突。多数情况下，这些反应看起来是下意识自动做出的，而且非常迅速，在我们还没搞清楚状况之前反应已经产生，感觉自己的身体或者整个人都不是自己的一样（也许这才是真相）。那么这些反应究竟是怎么产生的，被什么引发的，在整个反应过程中究竟发生了什么？这个过程真像看起来那么简单吗，还是其中隐含非常多不为人知的环节、机制和结构，每每都在发生一些巨大的跨越，有着一连串的活动，哪怕只是一个看似非常轻微的反应？

我们就从看到一朵花这个非常简单的例子开始说起，当中最基本的过程清楚了，那些更为复杂的人际关系当中的事例才可能会变得清晰。当一朵花出现在我们眼前，如果我们的各个感官是清醒敏感的，不仅可以直接感知到那朵花的颜色、质地、光彩、香气，而且能够直接体会它绽放的姿态，你的每一个毛孔都是打开的，你的每一个细胞都和它在一起，你和它之间没有距离，就好像是你在那里舒展地盛开，这时如果没有进一步的心理活动，就只有你和它的融合跟一体。其中如潮水般弥漫浸润的狂喜自不必多提。

在那一刻，也许脑子里也会闪过一个念头：这是一朵腊梅，好香，好美。这是头脑作为一个感官参与整个感知的表现，也无可厚非，如果这个念头只是一闪而过，不停留，不延续，不引申，就不会干扰或打断那种融合跟一体。

然而，通常发生的情形是，这个念头会停留，会进一步甚至无止境地引申：我好喜欢这朵花，我要把它采回家，插在客厅的花瓶里，要么我明天再来看它……这时如果我们敏感的话，可以立刻感受到一种隔离，你和花之间有了距离，不再一体。而阻隔在中间的，显然正是那些念头以及它们的活动。

那么，这些念头从何而来？它们的实质和性质又是什么？毫无疑问，这些念头从记忆和知识中来，如果没有对花的记忆和知识，你都不会认出那是一朵花。"花"的概念和知识从过去的经验中生成，然后储存在了记忆里，而这些概念和知识它们的实质是什么？是那朵花本身吗？还是从那朵花抽离开来、抽取出来的基于语言、文字或者画面的抽象的思想？

当有这样一种抽象的东西出现并且停留，那种本来开放而遍布的注意力就发生了集中和转移，从一个活生生的具体实物上，转移到了一个抽象的概念或者想法上，这个过程看似细微到无法察觉，但其实已经发生了一个巨大的跨越，一个从实到虚的跨越。而且，不止发生了一种跨越，还有了一种隔离，与本是一体的生命割裂开来，一体感瞬间消失。

此外，这些东西还有哪些性质？除了抽象，除了异于实物的虚化，它们还来自已死的过去，所以陈旧，所以僵死。另外，本质的抽象也就决定了它包含的信息远远无法匹配那个鲜活的实物，连九牛一毛都不及，所以具有极其片面、破碎、不完整的性质。这也就是为什么要反复强调这样一个事实：概念和名词绝不是它们所指的事物本身，以概念为单元、以词语或图像为载体的所有思想类的东西，诸如看法、观点、标签、评判、结论、理想、信念，也具有同样的性质。如果在这个问题上存在混淆，也就是以虚当实、以假当真，再加上必然同时存在的与整体生命的分裂和隔离，后面出于对虚假安全的追求和对虚假危险的防卫，就会产生一系列的连锁反应，人类所有的矛盾、冲突和痛苦也就接踵而至了。

上面例子里说的还只是相对中性的概念和名词，它们的停留已经起到了显著的混淆和隔离作用，已经成为了一种意象，造成了虚实的混淆，同时也破坏了一体的连接，那就更不用说那些带有鲜明的倾向和感情色彩的看法和念头了。比对、好恶、迎拒随之而来，喜怒哀乐、忧惧妒、怨恨悔开始轮番上演，人与人、群体与群体之间的争斗、对立和冲突也就在所难免。

那么，当一件事发生，那些属于思想性质的概念、名词、标签、看法、结论、评判，为什么会一股脑冒出来去应对发生的事实？只是因为懒惰迟钝造成的惯性吗？还是说，还存在更深层的原因？

在之前《自我》那篇文章的末尾也问到了：这个本质虚幻的"我"，

为什么会被赋予不必要的真实性和重要性？是什么在从中"受益"或者得以延续？这跟问：无论发生什么大事小情，为什么思想都要跳出来说三道四，其实是同一个问题。一方面是因为，思想看不到自身的局限，认为所有的事情它都可以插手，都可以干涉，不知道在内心和关系问题上，它完全没有任何位置，在这里它只有错漏百出的逻辑，却缺乏真正的理性。另一方面，正是因为思想发现了自己的短暂无常、不牢靠，于是它想要获取一个安全、永恒的地位，所以才会处处凸显自己的重要性，具体做法就是事事插手，其中最得力的招数就是造出了一个"我"，这个跟它自己完全同质的分身，来确保自己千秋万代的地位。而不幸的是，它一直是得逞的，所以人类才会走到如今这个地步。

治愈内心

2018-04-04

你无法决定别人的想法和行为，但是你可以了解自己的反应，看清其中的机制，从而停止这个过程对自己能量和生命的浪费。

"应该"耗费了你生命中多少能量，又让你错失了多少个无可比拟的美丽瞬间，你打破头都想不到。

只有治愈内心才可能带来整体的健康，身体决不可忽略，但是单单从外在或者身体层面着手，即使不算舍本逐末，也会事倍功半。

而希望通过外在的媒介或者借助一个老师来实现这种治愈，不止是南辕北辙、缘木求鱼，而且会加剧内心的破碎。

情绪

2018-04-05

　　在生活中频繁出现、让我们深受困扰的各类情绪问题，究竟是如何产生和演化的？我们知不知道，在那个一闪而过的瞬间，有着多少的跌宕起伏、起承转折？

　　在之前的《反应》那篇文章中，我们借助那类比较单纯的感受，也就是看到花鸟、景色时产生的那些自然的美感和喜悦，说明了我们内心发生反应的第一步当中包含了什么。对那最初一步的了解，非常有助于我们看清更为复杂的情绪类感受产生的前因后果、来龙去脉。

　　这次我们就以"生气"这种常见的情绪为例，来探讨这种感受是如何引发的，发生之后我们又对它做了什么。而我们是如何应对和处理一种已经发生的感受的，这一点至关重要，因为它直接决定了我们能否真正去体会、观察和了解那种感受本身，以及它产生的机制和过程。

　　当生气的情况发生时，我们通常是怎么做的？我们能够意识到的做法通常有压抑、控制、逃离、辩解、合理化、发泄以及竭力平息或疏解，而这些做法真的能解决生气这个问题吗？还是它们会引发更多的问题？当我们要对生气这种感受做些什么，这种干涉的做法就妨碍了这种感受的自然发展和充分绽放，它要么会因压抑而隐没，但并不是真正消失，要么会因放纵而得到更多的力量。哪怕是压抑它，其实也是让它在暗中积蓄更多的力量有待一日卷土重来，这些做法都会成为心理记忆，留下残渣和隐患。

连我们进行的貌似"正确"的行动——那种主动而为的观察或者所谓"觉察",也是同样的性质,那是因为我们听说了或者认同了"需要对它进行观察才能如何如何"这个说法,所以才要对它进行"观察"。但这种主动的观察,即使有一定的所谓"效果",它同样还是一种干涉,因为这种观察显然是在一种"要去观察"的意念或意志指导下进行的,同样是在要对它做些什么。

那么,这些后续的动作或者行为中都隐含着什么,或者说,在这些行为做出之前,还发生了什么?所有这些做法都隐含了一种分裂,都基于这样一个想法:我和生气的感受是分开的,我是我,生气是生气,所以我要对它做些什么。那么这种分裂或分离是如何发生的?在那些具体做法出来之前,我们对生气的感受还做了什么?

无论那种感受是什么引发的或怎么引发的,在它出现的最初那一瞬间,存在的只有那种感受,就像我们看到一朵花时产生的感受一样,在"花"或者"生气"这个名词出现之前,我们和那种感受是一体的,并不存在一个在看花或者在生气的"我",而是只有那种生气的心理状态。

但是很快,就会有一个声音说:我生气了,我得想办法处理它。有了概念上的识别以及这种识别的停留,就已经有了隔离和分裂,紧接着就有了是非好恶的评判,然后在此基础上会有接下来一连串的想法和动作,跟那种感受的分裂或隔离就得到了延续和加强。转折点或者那个走岔的地方就出在这些识别的概念以及念头的出现和停留上,由于它们完全异于事实本身的虚幻、陈旧、破碎的本质,直接造成了与当下事实的分离,实现了一个由实到虚的转折,走入了一个虚幻之境,在此基础上或者在这个范畴内进行的所有活动,都不仅不会解决任何问题,而且只会增添更多的困扰。

那么,当一种感受发生了,本质虚幻的思想为什么会跳出来插手和干涉?就像我们之前说过的,一方面是因为思想并不清楚自身的局限性和应有的位置，所以会随意插手；另一方面是思想为了保全自己的地位，所以要随意插手，以凸显自己的重要性。此外，还有另一个因素，那就是，当一种感受发生，哪怕很轻微，那都是一件活生生的事情，具有鲜活而丰富的品质和特性。任何一件新鲜发生的事物都具有一种强大的未知性、无限性，具有一股强大的冲击力，而这与思想作为已知具有的陈旧和有限的特性完全相反，那些新鲜丰富的特性是思想所恐惧、所无法容忍或承受的，所以它必须跳出来把那种感受或那件事纳入自己已知的范畴，那就是给它一个名字，这样一下子就把它变成了自己的囊中之物。

当我们真正看到了这些，就会停止在这个方向上的所有活动，内心就会一下子安静下来。在那种安静和空无中，那种感受才能得到充分的体会，才能自然而全然地发展和绽放，就像充分燃烧的火焰，不会留下残渣和后遗症，不会留下随时会被重新点燃的余火。同时，那种感受得以产生或被引发的机制和过程才能有机会被审视、被看清。

那么，"生气"这种情绪或者感受是如何引发的？"生气"这种感受本身，其实是很真实的：呼吸急促，心跳加速，血脉偾张，就像浑身在冒火一样，身体上是有一种比较剧烈的反应的。而问起生气的原因，我们通常会说是因为有人说了一句什么话或者做了一件什么事，比如有人说你是个无能的笨蛋，于是你就很生气。那么问题就来了，这样一句话，只是几个字，它并没有碰触你身体，没有伤到你一根汗毛，你却有那么大的反应，几乎快把自己给烧着了，气得心脏病都快发了，血管都快爆了，这究竟是为什么？从身体上的这些表现看，究竟是那句话伤害了你，还是你对那句话的解读以及反应，着着实实地伤害了你的身体？这中间究竟发生了什么？

有人会说，那句话确实伤到我了呀，伤我自尊了，所以我才会起反应，那么，那句话为什么会被你解读为"伤害"，受伤的那个"自尊"、那个"我"又是什么？它显然不是你的身体，不是一个有形的东西，而是存在于心里、脑子里的一个并非实物的东西，是一个形象，说到底就是一个概念化的自己，属于异于实物或事实的抽象的思想范畴，是一个本质虚无、虚幻、虚假、虚化的东西。而之所以会因为一个虚幻的东西受到某种"威胁"而产生实实在在的身体反应，就像在护卫一个真实的东西、防御一种真实的危险一样，这里面就存在一个典型的以虚当实、以假当真的过程，或者说一种巨大的混淆和跨越。通过大脑这个神经中枢，支配身体做出应激反应，虚假的安全被保卫，虚假的危险被抵御，生气的状况就发生了，一种强烈的感受就出来了。

那么又是什么赋予了这种虚假的东西以重要性和真实性，这一点我们之前已经反复说过，无疑就是思想，从识别开始然后延续下去的这整个过程，无疑都是思想主导的过程。思想把一个与自己同质的概念或者形象，也就是"我"，放在一个特殊的位置加以保护，给大脑下达各种指令，从而突出了自身的重要性，保全了自己的地位，而生命或者至少身体在这个被思想操控的过程中，不仅沦为了奴隶和工具，而且直接受到了严重的伤害。因各种极端情绪而伤人害己的事例屡见不鲜，即使是相对轻微的情绪反应，如果我们敏感的话，也很容易发现它们对身体的毒害作用。而其他各种因为期待或者要求没有达成而产生的情绪反应，也是同样的过程，那些期待和要求，与自我同质，都来自虚幻、陈旧、破碎的思想，只不过改了一个名字，换了一些内容。

我们用了这么长的篇幅，不是要给思想审判定罪，而只是在原原本本地讲述这个看似瞬间发生的过程中隐含的机制。这个机制古老而又顽固，控制了人类千万年，可只有了解、看清、摆脱、超越了这个机制，让思想回归它本来的位置，我们的生命才能获得真正的自由，这个世界才能拥有爱跟和平。而对这整个过程和机制的了解和看清，就是洞察，这种洞察可以直接起到一个将虚幻之物彻底瓦解的作用，这种洞察本身就是行动，就会带来智慧，你无需额外再做任何事情。如果这种洞察并没有发生，如果你还有了解的兴趣和热情，那就扔掉从中得出的所有结论，从头看起。

事实

2018-04-06

最要紧是此刻的事实本身是什么，而不是对它的观点和想法。况且，正是那些看法和结论的存在，才妨碍了对事实的直接看到。

事实只需要了解、看到和表达，顶多需要反复表达，却不需要捍卫。捍卫的只会是观点和结论，而非事实。当你开始捍卫什么，你的心就开始了封闭，不再开放。用概念取代事实，以观点僭越事实，也许是我们犯下最大的错。看似与事实相符的理性认识，是阻挡直接看到事实的最难以逾越的障碍。你也许发现了某些事实，但是不要把它变成看法，不要让它成为心理上的积累，成为留在内心腐蚀你的毒素。

观察不是为了评判，而是看清事实，就像做实验的时候观察不同的试剂滴入同一瓶溶液时产生的反应。事实在每个瞬间都是极其鲜活、飞速变动着的，你的心要是有任何一个定点，就会错失它。它无法被任何一种看法框定，而是只能被一颗敏感的心随时发现。即便是诸如机制和结构之类规律性的东西，也没有必要作为一个静止的固定的东西留存在那，而是，哪怕是这种规律性的东西，也可以在每一个发生当中随时被新鲜地发现，而不是套用从过去总结的经验。

当事实发生，让它进入或进入它，而不是拿东西去格挡。紧紧拥抱事实，不留一丝空隙，不给思想趁虚而入的机会。事实是唯一需要跟随的东西，跟事实在一起，你的心就会安定。当你不再对抗出现的任何一个事实，就会马上豁然开朗，有了力量。

因为，发生了，便是独一无二的事实；没发生，便是庸人自扰的想象。

思想越位之后的表达，再多个性，也没什么本质不同。或者，就是因为太过关注个性和不同，而忽略了本质共通的一体，迷失在了细节里。

真相

真相不属于任何人，爱也一样。看到真相，你将不再需要一个答案。

人心总是不合时宜地满和空。需要清空所有观点去看真相时，却被喋喋不休占满，可只有思想停摆，有了一丝空隙，真相才有从中浮现的机会；需要内心充实、不怕失去任何至爱时，却莫名产生一种无法填平进而引发悲伤的无底空洞。

人们想看的是故事，而不是事故，但其实事故才是人生的真相。整个生活就是一个庞大的事故现场。人们不想面对自己的现实，于是逃到别人的故事里寻得慰藉。我们人类真应该叫"逃兵大联盟"，百分百无国界，因为内心无论发生什么，我们的反应总是落荒而逃，或者虚张声势地假装应对，本质上还是逃逃逃。如果我们真正面对，剧情会立时反转，落荒而逃遁于无形的，反而会是那些问题。心理上的问题就像一个鬼影，当我们怕得四处逃窜，它会一直跟着我们，但是当我们转过身去面对它的时候，它会立马消失于无形。

2018-04-07

　　所以，如果遇上内心被逼入墙角，请好好珍惜。无论愤怒、恐惧还是嫉妒，里面都蕴含着有待发现的真相，它们就像粗粝的矿石，里面藏着晶莹的宝贝。如果那时不再抗拒也不再逃跑，真相也许就在咫尺之遥。内心有任何不适，不要别过头去转移视线，而是把它追踪到底，at the very end of it，真相的光芒会让你讶异。即使真相看起来很"可怕"，但是对真相的掩盖、逃避和视而不见更加可怕。如果被恐惧深深攫住，真相永远无法现身，冰封的黑暗里将永无宁日。

　　真相是一朵盛放的花，你是满足于一张或模糊或清楚、或扭曲或逼真的照片，还是，直接看到它？我们不追求正确的说法，因为给出一个"正确"的说法，很可能会让我们误以为自己看到了真相。而你对内心世界、精神层面的真相的热情和兴趣有多强烈多真实，就直接决定了你探索的力度和深度。所以，你要的，究竟是让你暂时舒服但终究虚幻的安全感，还是看清真相？

安全感

2018-04-08

我们毕生追求的，归根结底，是不是某种安全感？安全、舒适、快乐，只是程度有所递进，本质并无不同。

一个人缺乏安全感的程度，就等于被思想控制的程度。一个人越是固执，越是坚持己见，就越是内心缺乏安全感的表现。钻牛角尖的情况，八成跟安全感有关。之所以固执，是因为人对于坚定而明确的东西，有一种趋之若鹜的本能倾向，完全没有抵抗力，因为它们代表着确定性和安全感。

坚定而明确的，未必是真理，因为真理是鲜活的、流动的、抓不住的。人们趋之若鹜的，多数只是决断的结论。或者看不到那个坚定而明确的表达背后指向的东西，只感受到了某种坚定和明确，从那种感受中或者从那个表达中得到了安全感和慰藉。

不停思考，或者念头不断，也是寻找安全感的表现。被自己层层叠叠的结论和观点包裹，你是觉得窒息还是觉得安全？我们以为持有意见能让我们安全，可实际上它们只是负担。心理上，我们混淆了危险和安全。心中的意象，本来是一个危险的、有危害的东西，却被我们当成了安全来保护。知道机械重复的习惯性观念窒息生命、钝化感官，你还要不要这样一种僵死的、慢性自杀式的安全感？

关系之美，就在于它没有任何安全感可言。世间之美，就在于其中

没有任何永恒可言。世界远非头脑或智力的池中之物。想事无巨细尽在掌握，是出于安全感的徒劳追求。安全感，不在繁华闹市，不在离群索居，也不在任何人身上，包括自己。毕竟，这个"自己"又是什么呢？

只要还有对安全感的需要和追求，真理那无垠的光芒便无从泄露。我们只是在讲这样一个真相，对内心安全感的追求，不过是镜花水月一场空。至于一个人能不能、愿不愿意看到这个真相，还是愿意继续追逐那种本质上虚幻的安全感，那是每个人自己的事。他人爱莫能助。

最高或者真正的安全，并不存在于任何个人化的追求及其实现当中，而是恰恰相反。当你自然而然停下对于安全感的所有追求，你知不知道那将是怎样的一种自由？那种自由中就有着真正的安全，还有满溢的喜悦跟新鲜。当你心理上不再捍卫任何！就会有广阔的自由和深沉的安全。

身与心

细细体会，看看能不能发现，每一个想法、每一丝情绪对你的身体都做了什么。

看看你的弥漫性情绪或情绪底色是什么，是发自内心的快乐，还是整天摆个苦瓜脸，是忧虑暴躁埋怨，还是宁静安然喜悦。它会对你的身体和整个人产生最长久深远的影响。

有没有发现，意见、看法、观点越多、越顽固的人，身体就越沉重、越僵硬？所谓生命中不能承受之轻。思考让身体紧张僵硬，尤其是头颈。稍微观察一下，就能体会到从感知转换到思考的那个瞬间发生的收缩，长时间持续的思考自然会加剧这种紧缩，导致各种僵硬。

"不应该"是怎么引发你身体反应的？你知不知道自己心里有多少固执的期待，一旦现实与它相违背，你就会跳脚，像面对身体威胁一样做出反应——呼吸、心跳、血流通通加速。看看捍卫这样一个幻觉，是多么大的能量浪费。当你听到什么人说了一句什么话然后心里咯噔一下难受的时候，那就已经是心理上的积累在伤害你的明证了。这就是心理积累的危害和毒性，它确实会也确实在伤害包括大脑在内的身体。

所以说评判在做着谋财害命的事，一点儿也不夸张，无论这评判来自他人，还是自己。所谓"众口铄金"。它哪怕没有明显而直接地谋财害命，也在不知不觉、不声不响地腐蚀着你的身体和心灵，这与谋财害命又有多少分别呢。

　　所以是"你"在伤害你的身体、你的生命，一直在。所有的好恶倾向都在伤害你。只要还有自我，精神上就不可能完全独立、完整，身体上就不可能真正健康。思想储存在大脑里，但是它却用里边的某些记忆，不停地通过反应来腐蚀它的容器，乃至整个身体。上升到心理层面的东西，势必会引发身体反应。让大脑和身体加速衰老的罪魁祸首，正是进入心理领域的思想。

　　如果思想以为这个身体是属于它的，那就大错特错了。身体，好歹是一个实实在在的东西，有血有肉，它怎么可能属于"你"这个完全虚无缥缈的东西呢？这个身体不是你的，但是你有责任悉心看顾。照顾好身体，根据整个身体的需要，而不只是头脑的需要，或者头脑一厢情愿的想法。所以对思想有个忠告：既然寄生在这个身体里，就好好照顾它。那些伤害你龙身凤体的事，千万别放过，停下它，对自己的生命负起责任来。

　　为什么管自我的消除叫"突变"，是因为那种变化会直接导致神经生理反应或者生物化学反应的路径或方式发生反转式的剧变。也就是之前因为心理原因而毒害身体的所有生化反应戛然而止，同时身体自身的智慧或自愈功能因为干扰或破坏因素的大面积消失而恢复高效运转。

　　所以说，足以瓦解自我的洞察治愈内心一切伤害，连因为心理伤害造成的身体伤害也会加速痊愈。

自由

自我死去，即新生，即自由。

自从构建起心理王国，自由便已湮没。思想为了确保它自身的安全，囚禁了一个又一个生命。思想不进入心理领域，不制造出心理需求然后再雇佣自己去满足这个心理需求，才能有自由，这个世界才有救。

实际上没有自己才能自由，哪还有什么自己可做。不瓦解自我、根除自我，即使觉得自己可以为所欲为，也还是没有自由可言。我们可以骗自己说自己是自由的，但实际上局限和制约才是现实。除非拥有了真正的心灵自由，否则所有计划或打算都难免掺杂并受制于心理因素。

最后一环评判的停止，就有了最初的自由。一件事情的发生由千万个因素合力促成，用某一个原因来劝说自己接受它，那还是自欺欺人。它发生了就是发生了，而且也只是一个发生而已。摆脱了接不接受的问题，这件事的前因后果、来龙去脉才可能展现出来。这最初的自由，至关重要。一旦不再维护、保护各类形象和观点，你不知道一下子会多出多少自由的空间。

实际上可以有一种静，来观察思想的动，只要不在动着的思想上做进一步的添加即可。比如说，不是要求自己直接做到全然的关注，而是发现自己的漫不经心、心不在焉就是关注的开始。或者说，不做进一步的添加，就有了最初的自由。

同时，只有不抱有达到的动机才有最初的自由。也就是你对一件事情不计结果地感兴趣和投入热情。什么时候一无所求，才是真自由。

当然，有人会不喜欢你自由，因为那意味着他无法再控制你。

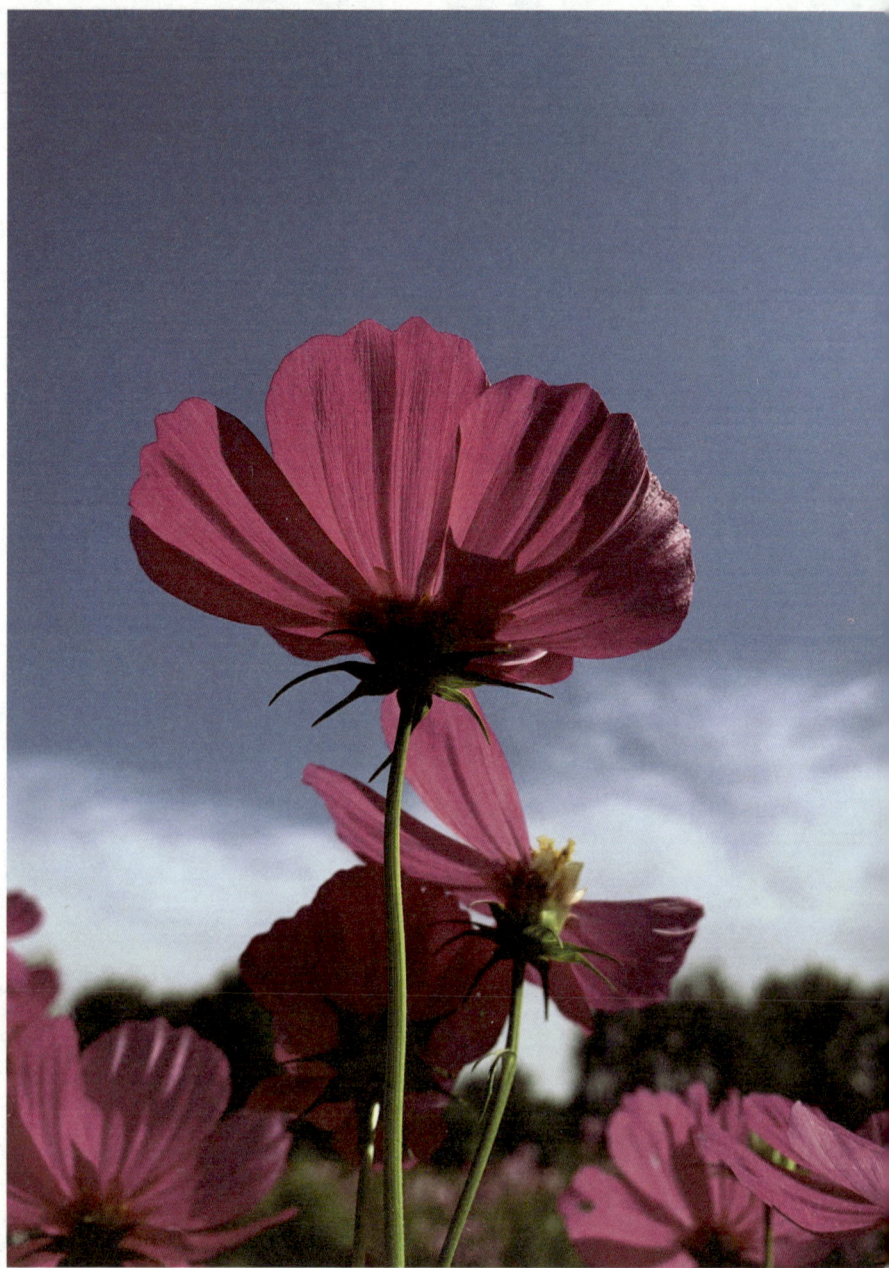

目盲

2018-04-12

"我"只是思想而已。可是我们看不到。

人类会思考，能够进行非常复杂的思考，然后思考出了一个结论：思考／思想在任何时候都是必要的，很重要的，无比重要的，无所不能的。闭环形成，死循环形成，然后就有了人类现在这个样子。

思想就是要把头搞大，以突出自己的重要性，掩盖自己的虚幻无常和种种局限，也就是完全异于事实的抽象、陈旧、僵死和极端的破碎、不完整。"我"不过是思想为了凸显自身的重要性造出的一个概念，实际存在的只有思想。

事实不是这样？在维护或者强调思想的必要性和"我"的重要性的，又是谁或者又是什么？思想已经不知不觉、不声不响地构成了你的自我，你自然会不遗余力地为它辩驳。

只不过，"我"就是思想，这句话可不是那么容易说的。如果那不只是一个说法，而是直接看到了这个事实，你可知那意味着什么？

纯真

2018-04-13

纯真，是不受伤害，所以不会被控制。

柔弱，却绝不受伤。

如果心理上没什么可保护的，你都没机会受伤。

无所捍卫，自然无从受伤。

一颗纯真的心，是一颗不会受伤，也从来没有受过伤的心。

没错，就是从来没有受过伤。

它跟以前受过伤然后痊愈的那颗心，已经不是同一颗心了。

它是一颗崭新的心，从没受过伤，也不会再受伤。

抱定一个自我，内心的伤害就无法真正得到痊愈。

当你对一句所谓"伤人"的话起了反应，实际上伤人的不是那句话，而是你错把一个虚幻的东西当真来保护而做出的应激反应，以及那种应激反应的持续。

那种应激反应或者说情绪的持续，会扭曲和败坏你的脑细胞。

从每一次这样的应激反应当中，都可以直接看到这种身心和虚实的混淆。

再换句话说就是，伤害你的，是你的反应。

　　而表面上看起来的不受伤有几种情况：一种是事不关己高高挂起，与我无关，当然不会受伤；一种是自我或者形象坚固到千秋万代固若金汤，自然也很难受伤；还有一种是根本无伤可受，因为根本没有需要捍卫的形象。

　　你是哪一种？

　　一个真正单纯的人，或者一颗赤子之心，会让你觉得既可以一眼望穿，同时又深不可测。

　　某种无限的存在，有头脑无法企及、无法测度的深广。

　　可以透明到望不见底，透明到没有存在感，却又到处弥漫着 ta 的存在。

　　你是否有颗赤子之心，活力四射，却又一尘不染，波平如镜？

热爱

2018-04-14

热爱，消弭一切伤害。

内心的热爱，是最美风景。

热爱之中没有阴影，没有未被照顾到的角落。

你所拥有的，只有此刻。

热爱它。

热爱不是留恋和沉溺，而是真诚而浓厚的兴趣。

真诚的兴趣是对一个人、一件事最大的尊重。

不要嫌弃自我，它的一颦一笑、一举一动中蕴含着真理的宝石。

你越是嫌弃它，它越是赖着不走。

所以不如试试跟它化敌为友。

紧紧地拥抱它，热爱它。

只有热情能将它融化。

温柔似水的激情，热情洋溢的安静。

最要紧是把事情看清。

看清了自然会有清晰的表达，这表达会有热情，却可以如水平静。

任何一个对象的消失，都无损于真正的热爱。

热爱生命。

真心热爱每一个闪亮的日子，以及，你们。

关系

关系是一件多么美妙的事情，如果你不占有，不嫉妒，不依赖，不干涉，不控制。

你我身边有多少因爱成恨的例子。所谓"爱恨无间"。

你我身边又有多少非占有式的爱。

占有，就是被占有。不占有，就不会被占有。

占有欲囚禁的不是别人，也不是某样东西，而是自己。

控制欲、占有欲，足以杀死任何关系。

无论关系性质如何，你都没有强迫和干涉对方的资格。

否则，关系就成为了征战，到最后只剩下硝烟、灰烬和眼泪。

评判的标签看似贴在别人身上，实际贴在了自己心里。贴上去就是一个蚀斑，一个溃烂的开始，直至最后千疮百孔。

心里的芥蒂，会变成身上的结节。

你或许会认为一个心存芥蒂的人会让你觉得不舒服，其实大可不必，芥蒂在谁的心里，谁才是那个难受的人，除非你是悲悯地感同身受。你所需要做的只有一件事，那就是让自己坦荡通透。

哪怕自己心有芥蒂也没关系，既然发生了，就让它发生。就看着它展现，成熟，脱落，以喜悦的心情。

不停留，生命才能鲜活。所有停留、攀附、固着的点，凑在一起，就变成了"我"。

而"我"，和生命、和关系，是死对头。

知识在关系中具有破坏性。

"应该"，是思想里的杂质、关系里的绊脚石，是你脸上的斑和疤，是你心上的痂和枷，是你气血郁结的关卡。

没有"应该"，只有"本然"，这时就有了无条件的爱，不止包裹着你，也围绕着你身边的人，一如阳光沐浴着大地，雨露滋润着生灵。

这个／这些真相，不属于任何人，不依赖于任何人而存在。

2018-04-21

她灿若星辰，还是微如恒河沙粒，取决于你。

你看到"Sue说"里的这些话，要么觉得诗情画意，要么觉得晦涩难懂。但其实这些既不是风花雪月，也不是攀谈理论、故作高深，而只是人类内心世界同一些事实不同侧面的不同表达。文中所讲不是玩闹，不是玩笑，也不是罗曼蒂克，而是一件生死攸关的事，事关包括你在内的一个个生命的品质，乃至……

"自我"是造成这个世界分崩离析、岌岌可危的根源，而这个根源偏偏在我们每个人内心被深深珍藏。只要还有自我，我们就是在给所有恶性事件的发生添加柴火。所以，我们所有的探索都是围绕穷究自我的活动和本质而来。"自我"这样一个看不见、摸不着的心理存在，何以让身体产生各种可观的反应？哪怕只是设身处地地想象一下有个人夸奖你英俊潇洒或美丽动人，投入地想象一下，你都会眉头舒展，嘴角上扬。这个看起来司空见惯实则诡异非常的过程是怎么发生的？为了这个"自我"，我们常常不惜大打出手、兵戎相见，这究竟是怎么回事？它为何如此重要？这个"自我"究竟是什么？

除了探究这些过程和本质问题，也来看看我们做什么不是在喂养"自我"？对自我的了解有没有变成知识，变成自我的一部分？因为自我很可能会通过"领悟"来取得更牢靠的地位。此外，人人艳羡的天赋和能力有时候反倒是个诅咒，因为它们常常会鼓舞自我，令到一颗心万劫不复。所以，无论发生什么事，都不往你的自我形象里添加任何一笔，有没有这个可能？而且思想确实狡猾，会假装看到事实，或者自我会假装消失，不过总会露出马脚。自我的气息是藏不住的，总会流露出来，狐狸再狡猾也会露出尾巴。就像隐忍，是自我反扑之前猫一般的蹲守，而释怀则是自我的彻底不在，只要自我还在，就不可能真正释怀。

人生真正的完善不是完善自我，而是"我"这个幻觉的消失，因为"我"再完善也还是个幻觉，幻觉永远不可能完满。处处追求不同，跟一味从众，实质并无不同，不过是花样翻新的自我。真正的不同或者独特性，只在于从自我中解脱。如果对这些问题感兴趣、有热情，那就开始探索自己、自我、"我"究竟是个什么东西，并且绝不被任何一个说法或者解释忽悠过去，除非亲自看到其中的真相。

放弃喂养自我，但永不放弃探索。因为整个人类的命运就掌握在你手中。

观点

2018-04-21

赋予任何一种观点 / 观念以重要性，都会造成冲突，所以……

无"观"一身轻。

如果用过去的观点来看现在，那感觉就像……作弊。意思是，没有认真地好好面对现在，而是用从过去抄来的答案来应付。我们以为根据经验对一件事、一个人包括自己抱持一个观点或者印象能节省我们的力气，但实际上恰恰相反，背负着这些东西严重地浪费了我们的能量，让我们变得像部机器。

问问自己，要不要活得像部机器，每次都反应如一？活着，就要给出万种可能，只有死人才只有一种反应。智慧的回应只会蕴含在灵活柔韧开放的无限可能里，而不是在固化的模式里，模式化的反应里没有生机。观察自己模式化的反应，其实是一件很有趣的事，只不过我们的模式远比我们所能想象的顽固得多。每个瞬间的反应无一不在揭露我们根深蒂固的惯性模式，而模式最微小的单位，是一个个观念。

也看看所谓的"觉察"转换成观点或者评判的速度。当观察变成观点，那就是一个人的战争，抑或 n 个人的纠缠。争执只会来自观点上的坚持，不会来自观察的清晰。观点就像是阻挡生命之流的石障，石头太多，河道就会堵塞，水流就会变缓变浑浊，最后变成一潭死水的小池塘。所以说，造出观念，脑细胞简直是自掘坟墓。

人的大部分能量就耗散在脱离此刻的实际。你只有这一个自己，别跟它过不去。换句话说，此时此刻并不存在另一个更好的自己，认识到这一点就会有一瞬间的安止，有一种释怀的轻松，有巨大的能量从纠缠中解放出来。然后对自己的了解才可能发生。也许说到底，你不过是一个执拗的观点、一个虚假的概念。还觉得这个"我"那么拼死拼活地重要吗？

每次都重新认识一件事、一个人，不留一个观点，就像你每次都用所有感官品尝一个美味的水果，或者就像你投入全身心每一个细胞欣赏一幅前所未见的美景，就像你凝视夏日清晨花瓣上一颗初凝的晶莹露珠，那样的新鲜美妙轻盈，无言语能及。

一无所是的快乐

最妙就是那种一无所依。

就像飞鸟，就像游鱼，就像暖阳下牡丹盛开的华丽丽。

我们本来就什么都不是，除去只是一个生命。内心真的什么都不是了，就会迸发出巨大的生命力，真正的、鲜活的生命力，而不是之前在刺激之下激发出的虚假活力。如果撤掉刺激，活力便逝去，头脑变得茫然无序，那是因为大脑在之前的刺激下已严重受损，之前的有序也是一种本质僵死的机械秩序。

所以，如果你暂时茫然无措，不必着急，也许你的生命正处在休养生息或休耕的时期，这正是恢复那种自然自发的生命力的开始和契机。早前那个受到激励或者刺激而热情迸发的阶段，实际是对生命的过度开发和伤害。生命的活力若由思想激发，那必定是一个破坏性的过程无疑。所以不用慌张，权且享受生命中一段悠闲的时光，一阵放空的小憩。

这个世界有远超你想象的无数可能提供给你，只要你不画地自限于狭窄固定的思维。别怕失去那些身份、标签和虚幻的动力，没有了它们，你才能就像风一样自由，旋舞于天际。

谦卑

2018-04-26

真正的谦卑和独立，太罕见了。

通常的谦卑会服从于权威，而通常的独立无异于孤行一意。

谦卑，如果是为了有朝一日变强大，那就不是真正的谦卑，而是暂时佯装成谦卑的对傲慢、残忍和暴力的渴望。

如果头脑觉得自己理解了内心世界的真相，并把它纳入到了意识的范畴之内，就会形成很多貌似跟事实高度一致的看法和观点，而这些东西，这种已经知道的感觉，会成为妨碍直接看到事实更难跨越的障碍。

从别人那里或者根据自身经验得出的那些无可辩驳的观点，会成为更强大、更顽固、更加理直气壮的观察者。而在真正懂得、直接看到那些事实之前，我们脑子里的所有东西都只不过是观点，都是需要彻底质疑的意识内容。看到了这一点，观点或者那些内容也就没有了存在的必要，内心才能辟出探索的空间。

我们通常只知道一种积累式的学习，不管我们了解的多还是少，我们始终是一个知道分子。可是关于内心世界的真相，只有明白和不明白两种。不存在明白了一点儿，觉得自己明白的那一点儿，只是障碍。所以一种谦卑，一种虚心向学的心态，真的很重要，不一定是向别人学习，而是能不能每次都重新出发去了解自己。

如果你对一个自己关心的问题直接给出现成的答案，那你对这个问题是真的关心吗？所谓真诚的关心和兴趣是不是会导向直接的观察和了解，而不是直接给出答案？那种强烈的兴趣，也许并没有别的直接作用，而只是会让心或者脑子安静下来，观察才有发生的空间或者缝隙。就像你对自己孩子有兴趣或者说有爱，你就会安安静静地观察他，不去干涉他，他需要的时候你才做出回应。

内心世界、精神层面的真相对你有多大的吸引力，你对搞清楚这方面的问题有多强烈、多真实的热情和兴趣，就决定了你会在这上面花多大的精力探究，也就决定了你探索的力度和深度。

也就是说，什么样的因素或者品质，对于探索会起到关键性的作用？人的兴趣或者热情在哪，自然就会把时间、精力、脑子放在哪个方向上，这从我们日常生活中精力的实际分配上就可以看出。

只不过一个看起来在这上面花了很多时间的人，好像天天在研究这些东西，也未必是真诚的兴趣和热情，他也有可能只是在打发时间，玩思维游戏，逃避认识真实的自己。

那么，一个人从不由自主地在思维里打转、玩思维游戏，到思想停下来开始观察，这个转变是怎么发生的？恐怕还是要回到强烈而真诚却又不预设目标的探明真相的兴趣和热情，这样他才有可能安静下来去观察和倾听。或者说，了解真相的热望，让他的心因为谦卑而安静。

也就是说，探索的热情能不能带来一种谦卑，一种自己"真的不懂"的安静？也知道了思考中是没有出路的，能不能对自己感兴趣的那些问题有一种直接的观察和倾听？探索的热情，对于精神世界真相的好奇、兴趣、认真，对于现有意识内容的敏感、不满、质疑，对于所探索问题的谦卑，有了这些，内心才可能安静，一种真正的学习才可能发生。

天空

2018-04-28

天空每每给你多少惊喜，就像无价的天堂，以亿万计。

你是否常常仰头伫立，接收这份天赐的豪礼。

看优雅的天空有鸟飞过，有温柔颜色。

看穹庐中有梦幻般粉蓝，当真沁人心脾。

真真迷死天空这个东西了，转眼已不同。连飞过的喜鹊也是各种黑背、蓝翅、灰尾，大大小小也各不相同。

一只鸟在天上滑翔，来来回回，不扇翅膀，越升越高，终于在你开始怀疑那是一只风筝的时候，它忽闪着翅膀飞走了。

看花花端坐窗台凝望远方，也常同她一起伫立窗旁，看一只喜鹊飞来停在远处光秃秃的枝上，时而灵活挥动长尾，转动双色的身体和黑色的脑袋，时而安坐在那里纹丝不动，只是随着风吹之下树枝轻轻摇晃。

然后另一只更加黑白分明的飞了过来，停在另一侧更高的一根颤巍巍的枝上。虽有百米之遥，但是好像你就跟着它湛蓝近乎黑色的长尾上闪亮的羽毛在上下扇动，或者跟它一起随着树枝在风中轻轻摇晃。空间消失，时间凝固。

你也许会错过每天的日出日落，可是，不要错过生活。

仲春的美

2018-05-04

　　当你深深凝望，静静伫立，人已随那份超越时空的美悄然化去。

　　只剩那本一的空无与丰盛，热情与清寂。

　　大自然的展现，不知是否常常让你觉得，美到不可方物，美得无计可施，美得毫无办法，美得无能为力，美得哑口无言，美得目瞪口呆，美得喜极而泣，美得动弹不得，美得几乎窒息，美得瘫软在地。美，本身就是真理。

　　每一片花瓣里，每一片叶子里，每一颗雨滴里，每一缕从天而降的阳光里，每一丝风吹树叶的沙沙声里，都有太多不为人知的奥秘。可人类偏偏以为自己的智力无处不能及。

　　人还是需要回归一份谦卑，对大自然，对未知的世界，对造物的神奇，对宇宙的广袤与无限，保持应有的敬畏。待到那份傲慢让自己付出了不可挽回的代价，恐怕已来不及追悔。

思想的泥潭

2018-05-07

人类的能量被死死囚禁于其中。

有一种能量肯定是远远更加广阔和未知的，但是受困于自我是不可能触及那种能量的。而从自我中解脱出来，来自对现有自我的彻底了解。我们只能从已知入手，关注未知很容易变成想象，逃离现实，那还是自我的伎俩。我们顶多去发现能量的浪费，而不是直接关注未知的能量。脱离实际的都不是正确的思考，而是自我惯性的逃跑。心理上，已知瓦解或者退位，未知才会自动呈现。瓦解之前，所有对未知的思考都属于思想活动，是猜测，是思想的投射。所以我们的重点就在于敏感或者警惕脱离现实的惯性。

人类的所有麻烦来自思想的越位。把思考者与思想的分裂当成了真实存在的过程，把思考者当成了一个真实的存在，才会觉得思考者是罪魁祸首。思想活动过程是一个真实存在的神经生理反应过程，但心理层面所有思想的内容都是虚幻的。意识功能和意识内容是两回事，功能指的是感官接收信息然后处理以及思考的能力，而意识内容正是通过意识功能在控制着人类。重点是了解意识内容的性质，和这些内容对人产生影响的机制和过程。内容指的是，比如，"我的意识和你的意识是分开的"，"心理上的我是个真实的存在"，这类观念性的东西，这些都属于意识内容。

进入心理层面的思想，就变成了思考者，在心理领域，思想和思考者是同一个东西。思考者本身是思想，所以都用"思想"才更准确，用"思考者"，反而会增强它真实存在的错觉。思想的局限就在于除了它的虚幻性、有限性、陈旧性、破碎性之外，就是它在心理层面是没有位置的。然而，把"思考者（自我）是个幻觉，思考者是思想"当作探索的基础，这是一个很大的误区。根本没看清的东西不能作为下一步探索的基础，得退回去才行。看清了"思考者就是思想"，你知道那意味着什么吗？那就意味着洞察，意味着自我这个幻觉的消失，意味着突变，意味着解脱，自由，爱，美，智慧，慈悲。

"思想意识到自己的局限性"，这里的"思想"显然不是思考者。"思想意识到自己的局限性"，这个说法其实不太确切，更准确地说是洞察发现了思想的局限，顶多是洞察让思想认识到了自己的局限性，它已经是臣服于智慧的思想了，是不越位的思想，不进入心理层面的思想，这时候已经有智慧了。其实不是思想在区分越位与否，而是智慧让思想在其位的。没有洞察，没有智慧，思想是搞不清楚自己该在哪出现、不该在哪出现的。使劲儿想要把这个界线区分出来的思想，已经在扮演思考者了，好像可以画出一条明确界线似的，其实根本不可能。尽管事实上存在心理层面和技术层面这样一种区分，但是思想没有智慧罩着它的话，它就分不出来。它要是真能自己区分出来，就不会越位了。

也就是说，思考者是进入心理层面的思想，而思想是分不清或者是看不清这个进入的，否则它也不会进入。以为自己能看清或者能分清，只不过是狡猾的思想得出的另外一个保护自己的结论罢了。思想无比狡猾，如果对概念、观点、观念、知识、结论、经验这些东西不敏感、没有质疑，对它们在当前的活动不敏感、不质疑，那就完全没有空间了，只会在自己的思想体系里面越陷越深。所以需要质疑自己心理层面的所有意识内容，包括一切探索所得和观察所得。人最大的问题就是对脑子里那些内容浑然不觉。自己实际上陷在思想里打转，却发现不了这一点，还以为自己在进行郑重其事的观察和探索，以为自己走对了路，或者正走在路上，没有敏感性，也没有质疑精神。这个死循环是否无解？

人类的悲哀

2018-05-08

在世间大行其道的方式，必定是自我喜欢的方式，因为整个人类正是被自我牢牢控制。

世人喜欢的是世事洞明、人情练达的自我，也就是一个精致周到、高度发达的自我，因为世人就是受自我控制的。哪里会喜欢什么"无我"？那个"无我"看起来更像图样图森破图那咿唔（too young, too simple, too naive）。而自我的聪明和强大就意味着更加邪恶，因为自我的本性就是分裂和邪恶的。

因为人有自我，被自我控制，迎合自我需求的东西自然会大行其道。除非极端到触动法律，否则人们深陷其中浑然不觉。这就是为什么说，在懂得真正的自由之前，就去主张自由，只会变成为所欲为的借口，那不过是打着自由的借口去满足或者放纵原来就有的欲望罢了。因为思想把握不了思想之外的东西，只会把自由理解为为所欲为。

这就是整个人类的悲哀。要么一直被自我控制，要么听到了真理，再把真理变成知识和教条，装进自己的脑袋里，变成自我的一部分。如果说人性就是自我的话，那么真理或者真理的表达，就是反人性的。只有极少数人会对这种"人性"产生质疑。人没有那点自我感，没有那点优越感，是不是就活不下去？这真是人类的迷局。不从中走出来，不仅会错过浩瀚美丽的生命，最终也将逃不过毁灭的结局。

自发而完整的探索

关于真相，关于自我，最重要的是那份自发探索的热情。

这一点不得不反复指出，最重要的就是自发探索的意愿、热情、兴趣这些品质，包括不满跟质疑。说到底就是，我们是不是愿意在一种莫名的操控下，不明不白地度过这宝贵的一生？如果是因为痛苦才走上自我了解之旅的，那也无可厚非。一个人如果比较敏感的话，确实比较容易感觉到痛苦。关键是这份痛苦能否转化成一股探索的热情，甚至是激情，而不只是停留在仅仅想解决具体的情绪和感受问题这个肤浅的层面上。

同时，完整的探索过程也非常重要，那就是为什么要完整地聆听智慧的表达，因为否则的话，看到的、听到的只言片语就直接以结论的形式留存了下来。真相只有在全然的聆听中，在忘我的观察中，在鲜活的探索过程中才能自然呈现，否则只是捡来一堆结论，然后在这些结论之上继续进行思考。自己单独进行的直接探索更需要抛下无论是从哪里得来的说法或者观察所得，从头看起，才有可能看到真相。大家一起进行的探索也是同样，也得从头看起，直接去看一件事的真相是什么，而不

是把以前得到的东西拿来罗列。观点和对观点的探讨没有任何意义，只会浪费时间，浪费生命。

　　而转变的可能性全部从一个人内在而来，根本就不存在外在的影响或者帮助。那份最初的自由，或者说自我的暂时停转，简单说，就是来自由内而发的那股强烈的探索意愿、热情、兴趣，包括敏感、不满跟质疑。外来的影响，只会改变或者调整现有的意识内容，那还是属于旧有的领域。清空的工作不可能从外在发生，只能从内部完成。需要明白的是，之前得来的关于心理层面问题的所有认识都是垃圾，而这些垃圾靠一点点扔，是扔不完的。这些垃圾确实需要清理，关键是清理是怎么发生的，是不是一个主动的行为，知不知道自己为什么清理，对自己的清理进度或者结果有没有确认。只有自然发生的、不为了什么而进行的清理，对结果毫不在意或者根本不关心，这种清理才不会成为积累或者障碍，才不会绊倒在"物理过程心理化"，这个看起来几乎所有人都迈不过去的坎儿上。或者说，最要紧是看清这些垃圾的本质和性质，这个看清，本身就是最有力、最彻底的清空。

内心活动的基本单元

2018-05-10

当我们遇到一样东西、一件事、一个人，除了视而不见的情况，当我们看到、听到、闻到、感受到什么的时候，通常做的第一件事是什么？

看到一件事，然后到形成自己的判断，诸如好恶，这中间发生了什么？也就是说，在看到和好恶产生这两步之间究竟发生了什么？是不是对这件事用语言来定义，或者进行辨认和识别，就是在舒不舒服或者好恶产生之前首先发生的事儿？那些并非由思想引发的感受，比如说美景或者凉风带来的感受产生的时候，实际上是没有好恶的，那只是身体的一种感官感觉而已。有好恶、有倾向的，是不是必定是有思想参与的？这个过程要放得非常慢来看才行。大多数时候不是思想没有参与，而是快到我们没发觉。

再回到识别和辨认这第一步，也就是脑子里出现一个相应的概念或者名字的时候，是不是通常已经有其他内容相伴出现了？在这个过程中，是不是一个单纯的概念或者名字其实很少出现？那个名字除了几个字以外，已经包含了一些其他的内容，即使没有好恶，相关的知识、印象或者记忆里它曾经或应该的样子也会出来。这些内容的存在，都会妨碍我们跟眼前的人事物发生直接的连接或者交融。也就是说，心理记忆的范畴实际上远远超出了我们的认识，超出了带有好恶等感情色彩的记忆，那些率先冒出来的概念或者名词并没有我们想象得那么单纯，它们已经构成了一个典型的意象，也就是思想在内心领域最基本的活动单元。总的来说就是，是以概念为基本单元的意象／记忆／思想，在应对新发生的感官感受，然后再形成的所谓"新的"意象／记忆／思想，不过是在那个基础上进行的某些表面的改变或者调整，本质依旧没变，只等下一回再次出动，继续起到切断直接连接的屏障作用。

换另外一个例子来看：被开水烫到就躲开，需要思想参与吗？那只是身体自我保护的本能而已，头脑顶多是作为生命整体的一个器官在参与，当中没有思想的位置。如果被开水烫到，需要想一下再躲开，那只能说思想的魔爪伸得太长了。我们的探讨，是要发现思想是不是在不必要的地方有参与，而不是要变成一块迟钝无感的无动于衷的木头。必要的身体保护措施，和思想进入心理层面，产生心理反应，是不同的领域。发现一件事情只是停留在最基本的身体需要，还是有心理因素的掺杂，需要极高的敏感度，需要的是智慧，而不是靠一个明确划定的界限就能解决的。这个界限根本没法明确划定。况且，想要划定这个界限的，又是什么？这种划定的需要又来自哪里？我们并没有说要肯定或者否定什么，而只是来了解这些反应是怎么产生的，以及它们会产生怎样的影响。看清了思想参与的整个过程和带来的影响，看清了思想的本质和性质，才有可能从它的控制下解脱出来。

真正地活着

2018-05-12

自我瓦解，思想退位，才能算是真正地活着。可是我们呢？是不是没有点儿自我感，反而觉得活不下去？

这么说，并不是不要思想，也不是生活中没有思想，而是思想从主控的位置上退下来。并不是说不要思想，是因为技术性的计划和安排是必要的，关键是里面有没有心理因素或者"我"的因素参与。我们通常所说的"认识指导行动"，其中的"认识"就是意识的内容，也就是思想，也就是"我"，这个内容控制着人类和人类的行动。思想退位，思想之外的广袤空间，就是智慧，智慧可以使用思想，让思想司其职而不越位。如果真的没有了"我"，根本不用担心如何行动，因为那时出现的是智慧。有了智慧，思想为智慧所用，而不再是思想来主导，这时出来的行动可以说是最自然也最正确的行动。只有这样的行动，才与那浩瀚美妙的生命是一体的，才是一个完整生命的展现，才是真正的活着。

而作为接触过智慧的表达的人，我们最大的障碍，也许就是从阅读当中得来的认识，以及自己从探索或观察得来的认识。当然，无论有没有读到过那些表达，所有人都是一样，从四面八方而来的海量的认识内容，形成了阻隔真相的层层障碍。只不过读到过的人可能有个错觉，以为自己跟真理更接近一些。也就是说，以为甚至确认自己看到了什么，可能是我们最大的障碍。自己的探索或者探讨依据的是观点、观念、结论、理论，还是此刻自己实实在在看到的，对这一点的敏感至关重要，否则一直在思想里绕圈子打转，浪费生命还毫不知情。最微妙也最关键的地方就在于，理性认识跟直接看到，看起来很像，但是有天壤之别。所以还是保持质疑吧，千万别轻易确认自己看到了什么。真的看到了，什么都不用确认。

另外再说一说影响。如果改变来自外在的影响，无论带来影响的那个人、那些话多么智慧，都不是真正的改变，而只是现有意识内容的调整。真正的改变或者转变，只能由内而生。真正的转变是意识内容的清空，外在影响带来的是意识内容的调整，它们完全不在一个层面上。绝大多数人推崇意识内容的调整，是因为人们正是被这个内容牢牢控制。

今天留一些问题在这里，如果你对它们感兴趣，那就一起来探究：我们和思想是什么关系？或者说，"我"和思想是什么关系？我们的痛苦困惑和思想之间又是个什么关系？在心理层面，有任何一个时候，那个"二"是真实存在的吗？我们是不是就逃脱不了主动设想什么、主动去做什么这个惯性循环？思想的惯性是什么？在思想的惯性下，肯定式的表达，否定式的表达，无论看到什么样的表达，是不是都容易形成一个观念或者评判？我们的所谓探索，在多大程度上只是换汤不换药的思想活动？在内心领域的探索中，思想究竟起到了什么作用？在对内心问题的探索中，思想有一席之地吗？这些问题对你来说是抽象的，还是真实的问题？

看清虚假

看清虚假，就是看清真相。

探索主导和掌控人类感情和行为的机制，至少需要思想暂时安静下来，而不是思想继续活动。探索之所以无法深入，是因为一直在寻求答案的，正是思想本身。思想喋喋不休下去，只会耗尽你的精力，思想在不停寻找安全感，只会让生命窒息。即便是听说了真理——这个本可以让思想退位的东西，思想把它也要组织起来，收入囊中，为自己所用。在我们所谓的探索中，有多少思想提出的问题，正是来源于这个用意。

看清楚事情的真相，发生在人非常安静的时候，也就是头脑、思想安静的时候。而看清并不是完全不需要脑力的，恰恰相反，要看清什么，需要脑子非常清醒、非常高效，整个存在都是觉醒的，尽管同时也非常安静。

内心有了安静的空间，就有了看清虚假之物的虚假性的可能，而看穿虚假，本身就是在看清真相。这个真相说来很简单，那就是：虚假的东西是虚假的，它不真实。而对虚假的看清，就意味着虚假消失或者幻觉消失，看清虚假就有即刻消除虚假的作用。剔除了虚幻的，迷雾散去，真实的或者正确的自会出现，现实或者真相会让你平添力量，会带来即刻的行动，而不是茫然无措。看清了，怎么可能还会迷惑、不知所措？

只不过，"我"是个幻觉，"我"只是思想而已，这是我们直接看到的，还是只是深深认同的？如果是真的看清了这点，那就意味着自我感的消失，或者自我的瓦解。看清了自我是个幻觉，这个幻觉还会时时启动吗？就像我们看清了一条绳子不是蛇，难道下次还会把它当成蛇？如果还在反复，那就需要认真地质疑自己所谓的"领悟"，以及自己的注意力放在了哪个层面上。

对于内心问题的探索，表层的具体现象和底层的机制是一个整体，缺一不可。不通过观察了解我们的反应机制，不了解自我和思想的本质，就不可能根除问题。只关注内心的具体活动，很可能会让觉察沦为方法和练习。而且，凡是主动进入的觉察，都不可能是真正的觉察，可以说都是自欺欺人。那种主动而为的觉察，实质上就是按部就班的可操作的练习，会让人有进步感、收获感、成就感，于是再次落入了思想的圈套里。

了解自我不是一件自私的事

因为我们人类本是一体。

或许你最初是抱着一个目的来了解自我、探索内心的，比如想要平复情绪、解除痛苦，这点完全可以理解。但是，如果这个目的一直起着主导作用，没有对于自我产生真正的、真诚的兴趣的话，那么很可能就走不了多远，或者会走得很艰难。在探索过程中，受到触动，产生变化，是很自然的事情。但是，正是因为有所"受益"才容易产生认同，所以我们需要格外警惕的是，那些受益的经验或智慧的表达不要变成自己新的教条。如果变成了新的教条，会引发我们更多的反应，因为内心有了更多相互冲突的想法。而探索本来是脱掉层层教条的过程，会让活力增加，而不是更加纠结和挣扎。

从最终极、最根本的层面上，可以说洞察或者智慧带来的是自我的瓦解，但是这不能变成自己追求的目标和对自己的要求。因为增加一层要求，正是在强化自我，或者是增加更多的自我矛盾。无论这个要求是来自世俗，还是从克这样的智者那里提取出来的，都是同样的性质，并不是说从某个智者那里提取出来的要求就更高级。道理只是道理，甚至可以说道理永远都是束缚。只不过你可能会觉得，抱着那些道理、那些教条，会在一个更终极的层面上让自己更安全。但实际上恰恰相反，那样只会带来更多的束缚。不过，即使发生了这样的事情，也不必急于评判自己，这个过程正是需要去了解的，先不要评判自己应不应该，做得对不对。这种做法其实是思想由来已久的惯性，是所有人都会出现的一种状况，那就是从看到的、读到的、经历的一切当中抽取教条，用来依靠，获得安全感。所以才说，目的导向的跟自发了解的热情带来的观察很不一样，前者非常容易在对安全感的追求上折戟沉沙。再来重申一下，先别评判目的导向，这是全人类司空见惯的做法，重要的或需要的是去了解它。

自我了解这件事，可谓意义重大。如果对自我没有透彻的了解，即使肉身死去，自我的幻觉还会延续，还会在世上大行其道，所以务必在活着的时候就了解自我的本质是什么，终结它。人确实只有一次生命，无论是现世的还是所谓前世或来世的自我的延续，都是幻觉。自我本身就是个幻觉，所以它的延续自然也是个幻觉。肉体是一个真实的生命体，但自我不是，它只是那条本质虚幻的意识洪流里的核心内容。这么说，并不是"要"摆脱意识洪流，"要"是没有用的，"要"反而摆脱不了。

只是，如果不从意识洪流里脱离出来，就是在延续和加强这个幻觉，也就等于延续和增加人类的苦难。这个幻觉发展到或者膨胀到一定的程度，比如说，最终按下了核按钮，人类就难逃灭亡的结局。虽然宇宙的创生机制不会停止，对于整个宇宙来说，人类灭亡与否实在是一件微不足道的事，但是对于人类本身的意义就非同寻常了。

所以说了解自己并不是一件自私的或者个人的事情。就像我们之前说过的："Sue说"即使平均每篇只有不足一百的阅读量，能有一个人看懂，足矣。无关知音，而是这是人类的希望。这里所说的这些从道理上懂和认同远远不够，需要直接看到才行，否则很容易以为自己掌握了真理，但是行动上没有本质的改变，要么就对自己生出一个新的但肯定做不到

的要求，平添多一层枷锁，增加更多冲突。偶尔的合一体验也靠不住，只有通过亲自的探索，直接看清虚假、看到真相才行，看到就意味着能够直接体验到一体。只不过这件事情，别人一点忙都帮不上，可以一起探索，但是别人没办法帮你看到。想要外来的帮助，那是又一次被思想俘获的表现。整个探索过程是只破不立的，一旦抓住了什么，就又回到了老路上。另外，在看清真相之前，在探索过程中不犯错是不可能的。如果要求自己什么都按最正确的标准去做，只会让自己更加难过，因为那依然是思想的要求。关键是明白所谓的"错"是错在了哪里。也就是看清谬误，看清虚幻，迷雾散去，真相才会显现，转变才可能发生。这个看清，就是最具转折性的驱散幻觉、终结谬误的行动。

再说影响

2018-05-17

那种影响思想无法捕捉。

就像之前说过的，思想是大自然的演进或者生物进化的必然产物，思想越位是人类生来自带的枷锁，只是，这个困境并非完全没有出路。摆脱这个困境，就是生而为人的独特性和使命。

某些人类的解脱会影响到人类的存亡，确实有这个可能，就像每个人都有彻底转变的可能，但这个可能性是否能实现，则是另外一个问题。而且几个人转变，影响的也不是意识洪流，而是可能影响人类的走向。这不是想象和猜测，而只是说一种可能。如果这种可能性还没有实现，难道就是猜测吗？人类甚至有整体上解脱的可能性，只不过一个人解脱已经是非常渺茫的了，几个人解脱是渺茫中的渺茫，整体解脱更是渺茫中的渺茫中的渺茫。但这个可能性就是存在，否则一切的探索都毫无意义。也不能说这种可能性尚未实现，探索就没必要继续。

说一个人的转变必将影响全人类，或者说影响很少、有没有影响是个错误的问题，都有各自的含义，那取决于"影响"这个词指向的是什么。万事万物都在相互影响着。一个生命的变化，哪怕不是转变，也必将对生命整体产生影响。这里的影响是产生作用的意思，指的是一种客观的

影响。而即便是这种影响，也是思想无法把握的。宇宙有亿万个因素，其中一个因素的变化，对其他所有因素的影响是什么，这个命题，可以说本身就是错误的。因为所有的因素本来就是紧密联系在一起的，并不存在一个可以单独分离出来的因素。割裂地去研究一个因素对其他因素的影响，这个出发点可以说就已经错了。准确地说就是，不是一个因素的变化引起了其他因素的变化，而是，这个因素的变化和其他所有因素的相应变化是同时发生的，并不存在头脑通常所理解的那种因果关系。

但是这个影响如果放到意识洪流这个层面或这个角度去看，含义就不一样了。对于意识洪流内容的调整，这种影响，几乎可以忽略不计，没有太大的意义。但是那个解脱的生命产生的影响，绝不仅仅是对意识内容的调整，刚才也说了，那种调整可以忽略不计，而是，此外还存在着某种思想根本无法衡量和计算的影响，这种影响也许不可见，或者至少无法短期可见。而说对意识内容的调整这种影响没有意义，一方面这本身也是事实，一方面是在强调彻底转变也就是清空意识内容的重要性和紧迫性，另一方面是说每个人的转变只能从内在发生，无法假手他人，也不可能来自外在的影响。

而实际影响的发生过程，就是宇宙智慧或最高秩序的运作，而那种最高的秩序，只能说可以触及，但是没有办法用头脑和思想去捕捉、去理解。所以说那种影响无疑是存在的，但不是思想能够把握的，影响的程度、细节、具体怎么展现，是头脑没有办法理解的。因为生命本来就是一体的，一个人的转变必然会对整体产生影响。这个必然不是一种推测，而是一个实实在在的事实，虽然无法确定具体是怎么影响的。你也许认为有反馈、有证明，才能说明这种影响的存在。但实际上并不是这样，这种影响的存在，不需要任何可见的证明，或者头脑可感知的证明。如果认为有反馈、有证明，才能说明这种影响的存在，这种想法，恰恰说明这是头脑的惯性思维或者局限所在。

意识洪流是一个非常局限的东西，你可以把它看得一清二楚，它的本质，它的结构，但不是其中的细节和具体内容。但是意识洪流之外的那个东西，它对于整个生命或者对一切的影响，或者说它与生命本身的关系，是不能那样去看的。这是完全不同的东西，完全不同的领域。对思想的洞察，实际上只是智慧非常小的一部分。生命或者宇宙运作的秩序，那种浩瀚的无边无际，那才是智慧。你只要在其中就够了，不需要去把握任何，也没有任何可以把握。生命就是存在着的，你不需要确定。也无需确定具体有什么影响、会怎么影响，但生命之间的相互影响确实是存在的，就像生命是存在的一样，它本身就是完整的不可分割的一体。

奇葩逻辑

2018-05-19

　　你知不知道，我们的脑子里有多少司空见惯但其实非常奇葩的逻辑或者看法，它们已经变成了深植的信念，控制着我们的感受、我们的行动、我们的生活，而我们对它们却从来不曾质疑？今天就来个大列举，这里只是开个头，仔细观察，你也许会发现生活里处处存在类似的奇葩信念/逻辑。

　　1. 别人这样，大家都这样，所以我也这样。

　　2. 如果不追求点儿什么，活着就没有意义。

　　3. 你骂了我，或者你做了什么，所以我才会生气。

　　4. 我这么爱你，为你付出了这么多，你怎么能不爱我，你怎么可以无动于衷？

　　5. 这个东西这么好，你怎么会不喜欢？

　　6. 我这可都是为了你好，你怎么就是不听我的？

　　7. 既然我们有某种关系，我就有权给你提要求。

　　8. 既然我们是亲密关系，你就只能属于我，我就有权占有你、干涉你、控制你。

9. 孩子必须经受打击，遭受挫折，才能长大，才能成熟。

10. 过去的经验是这样的，将来肯定还是这样。

11. 某某名人、某某权威就是这么说的，所以肯定是对的。

12. 大家都这么认为，所以肯定没问题。

13. 事情就应该是这样的，否则就有问题。

14. 作为这类人，你就应该符合这些标准。

15. 你要是什么都听我的，我就爱你。

16. 你要是还这样，我就不爱你了。

17. 为了将来的幸福，我们需要牺牲现在。

18. 所有人内心都有痛苦，所以痛苦是不可避免的，完全消除痛苦，纯属痴人说梦。

19. 如果没有一些原则来指导内心、指导行为，就没法生活。

······

深深地质疑下去，你也许会发现，真正束缚你的并不是任何外在的环境条件，而是这些无形的枷锁。而且，不只是这些逻辑，我们内心里几乎所有的思想观念，也许都具有同样的作用和性质。把其中任何一个内容信以为真，都会耗损巨大的能量，对这个生命都是一场劫难，更何况我们脑子里面充满了这样的内容。

所以，为何不来质疑一下，清扫一下垃圾，为自己的内心、自己的生命开拓出一些空间？

回归到更广大的秩序当中去

2018-05-22

　　从整体来看，失序的意识洪流也是整个宇宙的一部分，就像癌细胞也是身体的一部分一样，它的产生和壮大也是有序可循的，它有自身的规律，只是那种规律跟健康的生命的秩序是背离的。意识洪流是一个整体的秩序当中非常小、非常局部的一种失序，它存在与否对那个无边广袤的东西其实没什么影响。问题只在于，身处其中的人类能否摆脱那个混乱的小局部，回归到、融入到那个更广大的秩序中，还是要继续痛苦以及互相残杀、走向毁灭。地球只是宇宙中的一粒沙，而地球上的人类，就像是这粒沙上粘起的微尘，只不过这些微尘中有着巨大的苦难。那深重的痛苦，对于人类来说，可不是一个概念，也不是一粒微尘。

　　而关于意识洪流的真相，只能每个人自己看清，可以同行，但不存在传递，也无所谓传承。

生命的需要

2018-05-23

"我"和生命，是什么关系？我们是不是经常把它们混为一谈？

我们好像明白生命要广阔得多，但是很多时候，我们是不是把"我"的需求当成了生命的需要？我们似乎知道自己是一个生命体，可我们平常的思考，真的是从一个生命体出发去思考的吗？当我们脑子里有一堆想要不想要、应该不应该的时候，那是生命的需要吗？如果不是，那又是谁的"命"需要的呢？是不是"我"为了延续自己所需要的？以"我"的需要僭越生命的需要，是否正是世上所有苦难的根源？"我"满足自身种种需要的过程，是不是恰恰是牢牢囚禁生命的过程？而"我"又是什么呢？思想可以说是人类进化的必然产物，可"我"又是怎么形成的呢？它和思想是什么关系？"我"只是思想造出的一个概念吗？可我们直观的感觉却是，"我"可不只是一个概念，它显得非常重要，也非常真实。

身体和感受可以说都是真实的存在或者真实的发生，除去思想的内容，连思想活动本身都可以说是一个实际发生的过程，可是这个"我"呢？

用"我"这个概念，如果只是为了方便表达或者沟通，那没问题，但我们心里的"我"，显然看起来不像只是一个为了说清楚事情的概念而已，它具有一种心理意义。比如有一种情绪或者感受出现了，是不是立刻就会被识别为"悲伤"或者"愤怒"，而且是"我"的"悲伤"或者"愤怒"？一个感受出现了，它本来只是一个感受而已，我们为什么把它叫作"我"的感受并且对它大惊小怪？而实际上，是不是没有这种识别，才可能真正体会和了解那种感受，才可能让它充分展然后消亡，不留残渣？也只有在暂时没有这些识别活动的干扰、内心安静的情况下，才可能敏感地发现思想何时会进入、为何会进入，以及"我"为何会产生。

　　当一种感受发生的时候，我们司空见惯的识别一出现，就已经离开了此时此刻鲜活的生命，同时也意味着从真实进入了一个虚幻的世界。只不过我们通常对这种"滑脱"是没有知觉的。简单地说就是，我们有一种惯性的倾向，要把接触到的一切真实的人事物都抽象成性质为"虚"的思想类的东西，然后在此基础上做出反应。所以才需要有一种敏感性和一种深刻的质疑精神，才可能发现这一瞬间的"滑脱"，并把它的前因后果、来龙去脉看清。对于一个被思想牢牢控制着不停寻找安全感却毫无知觉、毫无质疑的人，其实谁都无能为力。但是，只有看清楚我们内心活动这些最基本的单元，生命才可能摆脱受控状态，才可能在自由中充分绽放。

追踪

能不能把一个想法或者一个感受追踪到底？

你可曾好奇，愤怒、嫉妒这些情绪类感受或者反应是怎么产生的？这里说的不是诱发它们的外在因素是什么，那些因素其实无足轻重，而是说它们内在的发生机制是怎样的。一个情绪类感受在某种"观察"之下，很可能会减轻或者暂时消失，但是，如果产生这些反应的根源或机制没有得到了解，没有被看清，那么以后还会屡屡发生类似的情形。一次次销毁

2018-05-24

这个机制的产物，会让我们在疲于奔命中耗尽余生，捣毁这个机制本身，才是关键和根本。所以，在这些感受暂时不成为困扰的情况下，有没有可能不停止探索，继续去看它们产生的过程和根源？如果对这个问题有兴趣的话，你会发现生活中时时处处都是观察的契机，如果把情绪、想法或者记忆比作蚂蚁的话，那就是在它爬出来的时候看到它，把它追踪到底，把它看个一清二楚。

正确的行动

2018-05-25

　　在自我瓦解或彻底转变之前，对于事情的处理，很难有真正正确的行动。

　　纠结于自己的行为是自我的行为，还是在用正确的行动来处理事实，这就说明思想已经参与了，它想把思想不越位作为一个理想的标准来衡量对事情的处理。思想的真正不越位，是自然出现的，不是思想通过要求自己不越位来实现的。这个做法本身就是思想越位的表现。所以在自我瓦解之前，是没有办法要求自己去智慧地处理事情的。这一点我们得清楚或者接受，在这种情况下，根据自己的现实状况具体处理就可以了，不要再增加一层额外的枷锁，强行要求自己达到一个目前还达不到的状态。况且，那个要求参照的标准又来自哪里？某些圣人的言行举止吗？自我还没瓦解，就参照所谓圣人的做法，是不是不可避免地会变成权威和教条？另外，自我瓦解了是不是就是你想象的圣人模样？还是可能完全超出了常人的想象？所以根本无据可依。

在真正看清之前会做出很多所谓并不正确的行动，那是在所难免的。如果从一开始就希望自己的行动是正确的，或者产生所谓正确的结果，那么，真正正确的行动也许反而没有办法产生了，因为这个希望本身就是思想的希望。如果说在此之前有什么行动能算是正确的行动，那就是不断地去质疑，去了解，带着一份自发自然的热情开始一种不问结果的探索，这才是真正重要的，也是必不可少的。重点在了解，而不是评判。真实的发生以及对那个发生的了解，是唯一重要的事情，没有什么应该怎样。比如发现自己又在追求某个结果或者想要成为什么，那这就是实际的发生，去了解这个发生就好，没必要在这个基础上追加一步批判，说这样做不应该。

如果在探索过程中感觉走得很艰难，理不出头绪来，是不是因为里面已经隐含了一个期待的结果？没有达到那个结果，就会觉得困难和气馁。之所以会这样，正是因为思想一直在掌控，因为思想吸收了更多的教条，投射出了更高远、更"正确"的理想。所以热情如果掺杂了对结果的期待，就不是真正的热情了，而是一种交换，得不到想要的自然会觉得累，觉得失望。想要结果才会觉得疲惫，但是思想只知道这样。所以来来去去没逃脱思想的魔掌，即便我们说自己是在探索真理。看到了这些，有没有可能自然而然地停止掌控？对自我的了解和探索本是一个松绑的过程，而不是增添更多的枷锁。

寄生

2018-05-26

你愿不愿意做一个摆脱了病虫害的健康生命？

近来，报章媒体上各种自杀的消息不绝于耳，令人触目惊心。然而，你有没有想过，"自杀"这个说法其实并不准确，因为生命的本能是求生的，它不会杀死自己，那么又是谁杀死了它？是谁一步步积累起自杀的诱因、策划了自杀的步骤然后下达了自杀的指令？没错，是思想，是思想杀死了一个个鲜活的生命。与此同时，即使还没发生突发的自杀事件，但是被思想主控的生命，就像绝大多数人那样，其实就是一个被慢慢谋杀的过程。

所以，你有没有觉得，思想就像一个寄生生物，在不遗余力地搞死搞残它的一个个宿主？当然，这只是个不太恰当的比方，只不过放眼世上的人类，看起来就像是这样。思想确实依赖大脑这个神经中枢来发挥作用，作为它的物质和生理基础。事实上，意识洪流里的内容或者就说意识内容，可以脱离某一个具体的大脑而存在，同时又作用于全人类的大脑，这一点非常像一个通过大脑不断得到滋养壮大的寄生生物。思想的越位本身就是在残害生命，必定会搞死搞残它的宿主，但是只要人类继续繁衍，它就会得到滋养壮大，除非有一天思想玩儿大了，核按钮按下，全人类灭亡。

　　当然，还存在另外一种看似更加渺茫的可能，那就是，智慧在不止一个个体身上觉醒。也就是说，出现更多所谓解脱的生命，足以影响或者扭转人类现有的走向。尽管这种可能性看起来非常渺茫，因为人类被思想控制的程度实在深重，但正是这看似微弱的可能性，构成了我们生而为人的独特之处和无法假手他人的神圣使命。

一旦过去，立时沦为虚幻

2018-05-30

　　过去之于现在的意义是什么？或者说，过去发生的一切，其性质是什么？

　　过去发生的一切，在发生当时那一刻，可以说是真实的，但是既然已经过去，它们就变成了什么？它们留在此时此刻的又是什么？

　　毫无疑问，留下来的最多只是一种看似客观的记录，或文字或图像或影音，即使是信息保留最全面的影音方式，也只是一种极其片段、陈旧、固化以及抽象的留存，与当时发生的鲜活、丰富、立体的事件有着天壤之别。何况，日常生活中发生的事件，远远没有这样详尽的记录，留下的只是一些记忆，储存在脑子里的抽象的概念、印象、结论、观点、认识，作为当时所发生事实的一个极度失真的影子，性质和品质与当时那个事件本身完全是天差地别，也就是虚幻和真实的区别。

　　所以说，虚幻的，跟老旧的，是同一些东西，一旦过去了就老旧了，留下来的只是一些虚幻的影子。那么，我们是不是已经明白，我们对于一件事的记忆，跟当时发生的那件事本身，或者，我们对一种感受的记录，跟当时那种感受本身，具有天差地别的不同性质？那差别就像"门"这个词，跟门本身。可正是这些老旧进而虚幻的东西，被当成了重要而真实的东西，成为我们意识的内容，支配着我们的行为，掩盖了、扭曲了进而让我们错失了鲜活的此时此刻。

而另一些念头，比如作为心理目标存在的"成为"或者"改善"，看似跟未来有关，但其核心仍然是过去，它们来自过去，只是过去换汤不换药的变形，实质只是改头换面的记忆，所以本质也是虚幻的。

真实存在的只有现在，此外的一切皆为虚幻。只有这些虚幻之物被看清进而被破除，转变才可能发生，才可能直接体验到鲜活的生命。

我们是否知道自己正身陷危机？

2018-05-31

是不是只有危机发生时才会有完整和谐的行动？

危机出现时我们是如何应对的？那时候是怎样一个身心状态？而当我们觉得没有危机的时候，我们通常在做什么？面临危机时的感受，是不是大致就是"战战兢兢，如临深渊，如履薄冰"？借用这个说法，指的并不是因为恐惧而小心翼翼的状态，而是一种敏锐但又十分放松的警觉状态。危机发生的时候，思想在心理层面是不运作的，或者说思想没有多余的运作，这个时候你的全身心，你的全部注意力，或者说你的整个存在，都用来应对这场危机，所以是身心一致的和谐的行动，诸如分析之类或者前思后想之类的思想活动是不存在的。

那么没有危机的时候呢？神游放逸、漫不经心？而我们认为没有危机，是真的不存在危机，还是我们没有敏感地发现危机或者挑战呢？一个情形是不是危机，我们能不能发现危机，就是接下来的问题了。

　　而只要一个人还有自我感，还活在自我这个错觉中，危机就一直存在，因为自我的本质就是分裂性、破坏性的，人类就是在这个核心信念的控制下走在了岌岌可危的路上。或者说得具体一些，我们的自我还在高频率活动着，思想还在频繁进入心理层面，思想每一次不必要的活动，都是一次危机，关键是我们有没有及时清醒地觉察到并全然应对。

　　但是这么说，并不意味着要一次次地觉察并化解一个个的具体问题或冲突，那就太肤浅、太表面了，而是在危机出现时，真正透彻地洞察根本。因为任何一个问题中都蕴含着最底层的机制和结构，所以不能停留在表面现象的化解，而是深究、看清从而断除自我的根源，而不是一次次貌似卓有成效地修剪枝叶，那很可能只是自欺欺人。同时，即使断除了那个根源，在最根本层面没有了冲突，也不意味着可以放逸，而是正相反，勤奋，也就是机敏的警觉，是一个永恒的因素，无论在哪个维度，尽管无需费力。

_____

_____

_____

_____

_____

莫名其妙的受控感

2018-06-01

你有没有觉得自己时时刻刻都在受着某种控制？

无论这种感觉强烈还是微弱，受控似乎是一个普遍存在的事实，你是不是也好奇，我们在受什么控制，它们又是如何控制我们的？我们可能会以为是一种我们不知道的东西在左右着我们，可实际上呢？是不是恰恰相反，实际控制我们的，反而是我们所"知道"的东西？而我们知道的究竟是些什么呢？我们知道的一切又是如何影响我们的？除了技术类的知识，我们知道的东西，无外乎各种观点、看法、结论、认识、记忆、经验，以及它们进一步衍生出来的目标和期待。是不是它们驱动了我们生活中的喜怒哀乐、一举一动？我们能不能对所有那些内容不再盲从，而是产生一种质疑？或者说，我们能不能首先发现是这些东西在控制着我们，发现了才可能质疑它们，重新审视它们。

比如，我们都在追求什么或者想成为什么，也就是内心抱有"改善"或者"达成"的目标或想法，那些想法促成了我们的各种行动，然后在努力实现那些想法的内容的追求过程中，各种挣扎和痛苦伴随着偶尔的快乐纷至沓来。而我们有没有质疑过，我们乖乖遵从、为之努力的那些目标，其本质究竟是真实还是虚幻？我们确实都在追求、想要、成为，重点不是让自己直接停下，而是对这些追求、想要、成为能不能有个透彻的了解，否则想停也停不下，那些内容还会继续控制着我们。

就拿一直在进行内心探索、在了解自己的我们来说，我们当中是不是有相当一部分人太渴望解脱了？可是，"渴望解脱"这个想法本身就隐含着一个悖论，那就是：解脱的渴望，直接让解脱成为了不可能，因为那正是被思想继续掌控的表现。这么说并不是要批判这种普遍存在的渴望，而只是看看这个渴望都让我们做了些什么自欺欺人的事。我们会把从逻辑上认同的道理当作自己亲眼看到的事实，然后参照这些道理来生活，催眠自己，假装看到了真相。可是生活没有那么容易被欺骗，它会不停地用各种冲突和痛苦来提醒我们，告诉我们看清真相跟明白道理是完全不同的两件事，它们会带来截然不同的生命品质。

类似的例子不胜枚举，再比如，任何一个作为标签存在的概念也具有同样的性质和作用。标签和标签的内容是一体的，比如"他是我丈夫"或者"我是个好人"，这些概念里面就包含了某种"应该如何"，那个"应该如何"的内容实现不了我们就会心慌难过。这就是念头或者意识内容对人的钳制作用。这些"应该如何"的观念为什么在我们心里如此重要？

而类似的观念在生活中几乎无孔不入。有没有留意过，我们脑子里、心里的任何一个陈述句，都可能是个观念？带有倾向性的问句也是一样。而由各种思想观念来解读生命、操控生命，本身就是一件很荒唐也很悲哀的事。所以需要质疑自己给出的每一句话，搞清楚自己所有想法的虚实真假、来龙去脉。我们的生活，我们的行动，甚至我们的生命，就是被这些想法控制的，难道不需要把它们的真假虚实搞清楚吗？给它一个结论说"它是假的"没有用，得真正看清楚才行。

而操控我们的所有这些内容从何而来？是不是来自我们对过去发生的一切的记忆？曾经发生过一种特别强烈的感受，我们心里留下了一个非常鲜明的记忆，之所以会留下记忆，是因为那份感受对思想是一个巨大的冲击，思想无法把握，无法应对，所以必须把它纳入已知，用记忆把它收入自己囊中，才能化解这次威胁，重新确保自己的地位。而感受本身是没办法留在脑子里的，那是太过鲜活、太过丰富、太过真实的东西了，就像你没法把几尺见方的门装进脑袋里一样，留下来的只能是与当时发生的真实的人事物性质完全不同的记忆。这些记忆此后又被加工成各式各样的思想内容，作为想法和观念，留存在脑子里，随时准备跳出来，塑造和支配我们的一举一动。相对于真实的现在，思想的本质是过去，性质是虚幻，但它确实在此时此刻活动着，用它的内容扭曲着现在。

所以需要强烈而深刻的质疑精神，才可能发现，被当真的观点和想法其实已经变成了信念，取代了真实，而人们正是被那些信念死死控制着消耗着生命。信念对人的钳制作用有多可怕，如果你敏感的话不难发现，生命被慢慢谋害是普遍的事实，生命被粗暴终结的事例也不绝于耳，这一切简直让人不寒而栗，既可怕，又可悲，又可怜。每一个被思想介入、遮蔽、干涉、扭曲的现在，都是一寸唯一真实也唯一珍贵却被窒息、被夺去、被扼杀了的生命。生命就是这样被控制、被扼杀的，这个残酷的现实正是需要我们看到的，看到了才可能穿越记忆、抛开思想去直接生活。

关于作者

2018-06-05

她是一个没有身份的人，就像她的微信签名：Being Nobody.

她是谁，完全不重要，她只是做了一些事，怀着对生命和真理的热诚。

自 2009 年起，出于自发的强烈热情开始翻译克里希那穆提的书籍和视频字幕，至今从未间断。2012 年联合创建克里希那穆提冥思坊，主持冥思坊会员线上读书会和讨论会，负责冥思坊翻译小组的翻译工作，组织翻译了百余集克氏视频字幕。已出版克氏译著包括《与生活相遇》《倾听内心的声音》《人类的未来》《生命的所有可能》《终结生命中的冲突》《最后的日记》《论恐惧》《质疑克里希那穆提》《唤醒能量》（译审）、《探索与洞察》（译审），自译作品：《转变的紧迫性》《唯一的革命》。

有一些普通意义上的兴趣爱好：摄影，音乐，瑜伽，截拳道……只不过，那份弥漫的热情包含的远不止这些，而是遍及每一片叶，每一朵花，每一丝风声，每一缕阳光，每一处鸟鸣，每一次呼吸，每一下心跳，每一抹笑容……above all，与生命，是一种再也分不出彼此的交融。那爱，就是真理，就是生命。

作为另一个全新的生命阶段开启的标志之一，2018 年 3 月 13 日"Sue 说"的首篇文章问世：《序篇》。此后虽另有一篇文章专门用来说明这个公号及其内容的用意：《一个说明》，但其实只要用心体会，不难发现这个用意就体现在了她写出的每一个字、每一句话、每一篇文章里。就像她前几天一条朋友圈动态中所说的那样：

都说被爱幸福。

无条件地去爱，才是真幸福。

因为没有条件，所以不可战胜。

摄影：张曦

所有影响尽数消除

2018-06-09

Rid of all influences.

And all judgements ceased.

所有影响尽数消除，一切评判均已止息。

你是否遇见过那样一种，可以一眼望穿却又深不见底的清澈目光，单纯，温和，柔弱，清凉，有一股毫无攻击性但又似乎不可战胜的无形力量。

一个人越是有特别强烈的好恶倾向，或者特别顽固的模式，那其实越是内心严重缺乏安全感的表现。而且之所以无解，就是因为本人看不到这些模式，认识不到这些模式的存在，也看不到这些模式背后强大的心理需求。

人以为通过繁衍后代或者所谓的轮回转世可以延续自己那个特别的自我，但实际上这完完全全是个一厢情愿的幻想，不仅轮回转世并不存在，而且实际上延续的只是毫无差别的"自我"这个幻觉。

存在感

2018-06-10

为了这种存在感，我们做尽傻事。

强烈的感受会给人强烈的存在感，为了这种强烈的存在感，人不惜伤害自己。

严重的情况比如受虐倾向或者悲伤成瘾，常见的情况比如抱持观点或者沉湎回忆。

这种存在感，换个说法，就是安全感。

一个人如果对安全感的需求太过强烈，那就等于被思想控制的程度太过深重，精神上已然无异于死去；旁人其实完全无能为力，只能看着生命力随时间被慢慢耗尽。

只不过，你可曾好奇，这种安全感究竟是谁的或者什么的需要？是身体或者生命的需要吗？还是跟生命的安全正好背道而驰？那么，它又是谁的或者什么的需要？这种被不惜一切代价追求的安全感，确保的是谁的或者什么的安全？

我们为何不停寻求刺激?

2018-06-11

寻求刺激,似乎是我们一种司空见惯、习以为常的倾向,我们有意无意的行为,似乎都撇不开这个深藏的动机。

寻求刺激,是为了获得某种特别的感受,这些感受可以有各种不同的程度和形式,也可以表达成各种不同的说法:存在感,安全感,舒适感,愉悦感,快感,认同感,成就感,满足感,重要感,意义感……总的来讲,可以说都是自我感的具体表现形式。那么,我们为什么要通过寻求刺激来获得这些感受呢?是因为我们觉得生活索然无味吗?

可是,生命或者生活的每一个瞬间,如果没有受到遮蔽或者干扰,本就是生动的、丰富的,本身就可以带来强烈的、鲜活的、生机勃勃的感受。而我们通常实际感觉到的似乎并不是这样,而是觉得乏善可陈、味同嚼蜡。这是怎么回事?原本鲜活亮丽的每个瞬间,是怎么变得僵死黯淡、形容枯槁的?是因为回忆或者思想的介入吗?如果我们仔细观察不难发现,无论是拿以前发生过的感受的记忆来比对,还是只是参照记忆进行某种识别和辨认,在这些

比对或识别活动发生的那一刹那，那份感受的鲜度和烈度瞬间就下降了无数个数量级，就像一只翩跹飞舞的美丽蝴蝶，瞬间变成了一具徒剩躯壳的毫无生气的标本。

所以说，如果没有这些暴殄天物的思想活动，每个瞬间的感受都是新鲜的、独一无二的，都是强烈的、丰富的，哪里还需要通过寻求额外的刺激来体会？

我们不停寻求刺激以获得某种强烈感受的另一个原因，是不是我们的各个感官，包括大脑，已经迟钝无感、麻木不堪？就像一个瘾君子，在惯性的吸食下，感官已经迟钝，不得不加大剂量来保持感受的强烈程度。而只要头脑稍微清醒一点就不难看出，这完完全全是一个恶性循环，最后只能以不可救药的深度依赖和无可挽回的感官崩坏而告终。

而这种迟钝和麻木之所以会产生，上面已经说到，是因为思想或者记忆对感受的介入，而要维持或者重享原有烈度的感受，这样的一个欲求，又是思想直接下达的指令，于是再进一步去寻求更加强烈的刺激。就这样，在思想前前后后的参与、干涉和控制下，人的身体在一次次的恶性循环中，一步步变得机械僵硬，生命的品质就这样遭到了不停的败坏。

而在这整个循环往复的过程中，唯独谁成了最后的胜出者？没错，是思想。无论是把鲜活的感受变成死去的标本，还是在重温强烈感受的欲求驱使下寻求更多刺激，又或者我们每个人都经常做的一件事，那就是通过回忆或者想象来体味快乐或者痛苦，在所有的这些过程中，反反复复得到运用的正是思想。而且，无论是通过回忆、想象之类的思想活动直接带来快感，还是在动机驱使之下通过一些具体的外在行为获取快感，一直不断得到加强的，正是思想直接或者间接带来感受的机制，也就是不断壮大这个神经生理反应机制或者神经通路，形成顽固的条件反射，也就是思想的作用和地位在得到不断的加强和巩固。而生命，或者至少是这个身体呢？则是一步步受控走向机械和腐朽的过程。

所以，我们能否发现并充分了解这个过程，从而摆脱思想的控制，重归鲜活的生命？

幻觉

2018-06-12

This illusive ego dominates everyone.

这个虚幻的自我主宰着每个人。

然而幻觉之下的生命，已然无法成其为生命。

脱离自我，才能成为一个真正的生命。

一个自我，无论看起来多么优雅，多么高级，都脱离不了低级趣味，来来去去无非是一张妆容精致的画皮。画皮之下，是一具具被思想操控的行尸走肉，只等点滴耗尽这具躯壳里残存的些许生命力。

这个世界被自我的幻觉牢牢控制，思想成为人类的主宰，世上大行其道的必是自我所需、思想所需，这也就是这个世界为何如此混乱不堪，又如此荒凉破碎的根源。

然而，"自我是虚幻的"，并不是一句可以随随便便拿来把玩的说法。这句看起来与事实相符的表达，如果不是来自那份可以瞬间带来解脱的洞察，那就无异于一个大言不惭、自欺欺人的谎言，说是道理已太过委婉。

突变

　　从自我中解脱，之所以被叫作"突变"，是因为那份透彻的洞察带来的是一场涵盖身心的转折性改变，或者说是一种反转式的剧变。

　　在之前的文章中《我们为何不停寻求刺激？》已经说到，无论是思想干涉感受，还是思想引发感受，当这个过程反反复复发生，思想和感受之间联动的心理反应机制就会得到了不断的延续和加强，进而形成一套非常顽固的惯性模式。同时，在身体上，一个会引发身体感受和身体反应的神经生理反应机制，也会得以形成以及不断巩固，那类神经通路在不停的滋养下会得到持续的拓宽和壮大，使得类似的反应可以更加畅通无阻地自动发生，就像一部可以给自身补给能量的循环往复的永动机。

　　而所谓洞察，就是看清这整个机制的运作过程，以及机制中起到指

2018-06-14

令作用的想法、念头也就是思想内容的虚假性，因为看清所以抹除了虚假、粉碎了机制。这份洞察，不仅会终止"思想－感受"这个心理反应机制，而且同时会切断之前十分粗壮的神经生理反应通路，哪怕没有立刻切断，那类通路也会急剧萎缩，在缺乏后续滋养的情况下会迅速消亡。在摆脱了旧有的惯性模式之后，脑细胞之间开始建立一种崭新的连接，随事实而动的柔韧鲜活的回应过程从而得以开始。身体自身的智慧也在旧有的束缚撤去之后重新全速开动，通过健康的生活方式，加速自身全方位的修复。

当然，从自我中解脱毫无疑问是一件非凡的事，迈出意识洪流，就意味着一个满怀爱与慈悲的崭新生命的诞生，一场身心同时发生的剧变自是不可阻挡的必然。

连环问

2018-06-27

从觉得自己被孤立开始说起。

你为什么觉得被孤立是个问题?

你是在寻求认同感吗?

认同感又是个什么东西?

认同感能带来什么?

归根结底,你所做的一切是不是都是在追求安全感?

为什么这时候要说大部分人怎样?

大部分人都这样,我们也要这样吗?

我们脑子里,是不是充斥着这种很荒唐的逻辑?

无论自我肯定还是自我否定,是不是都只是一种观点?

我们为什么需要一种对自己的评价?

没有一个评价就没法活吗?

究竟是什么的生命要依赖一个评价而存在?

如果不存在任何一个评价，什么就没有了立足之地？

是自我要依赖一个评价而存在吗？

生命体依赖自我而存在吗？还是它只是被自我控制而已？

自我又是什么？

外在上，身体以什么为食来维持生存，并不意味着身体就是那个食物本身，但是内在，心理上，精神上，一个东西以什么为食来生存，那个东西是不是就是那个食物本身？

生命体真的需要那个所谓的精神食粮吗？还是说，那只是甚至完全是毒药？

"需要"，是谁在认为需要？

思想作为一个必要的工具，跟思想主控生命，是一回事儿吗？

把思想的需要或者自我的需要当成了生命体的需要，是不是就是思想主控生命的表现？

只要自我还在，可能消除自卑吗？

思想能分清自己该在哪出现，不该在哪出现吗？

看清和分辨，是一回事儿吗？

是生命体把思想看得重要，还是，"思想很重要"这个想法控制着生命体？

我们知道我们被这些信念牢牢控制吗？

说到底，我们自己又是什么呢？

我们心心念念的那个"我"，究竟是什么？

可是我这么重要，它怎么可能只是一个概念，只是一个名词，只是思想而已呢？

当一个单独的自己，也就是"我"并不存在，还会有这些执着、冲突和痛苦吗？

欺骗我们、迷惑我们的，和我们自己，是两个东西吗？

有没有发现自己问着问着就开始得出结论了？

所以，我们真的懂质疑吗？

当真正看到了我就是思想

2018-06-28

会发生什么?

如果真的认识到了观察者就是思想,那么观察者这个错觉还会存在、出现,以及引起各种情绪吗?看清了观察者就是思想,这个看清就直接能够起到消除和彻底消灭自我这个幻觉的作用,看清和消除自我是一件事,自我感将不复存在。

自我感可以是思想活动产生的感受,也可以是思想活动的发源地,它们是一个互为因果的关系。最初是思想造出了"我"这个具有额外重要性的概念,此后所有思想活动都是在这个框架下进行的。我们一个常见的做法,就是用思想这个概念替换掉自我这个概念,但其实那个思想依然处在了自我的位置上,可是从此,消除自我达到无我的最简便方法就新鲜出炉了,那就是把"自我"这个词替换成"思想"这个词,那么自我瞬间就消失了,存在的只有思想。这完全是我们乐此不疲玩儿的一个自欺欺人的游戏。

思想只要指导内心,只要进入心理层面,只要还在内心问题的探索上指手画脚,那就等于自我还存在着,就是一种自我中心的活动,不管有没有给它自我这个名字。心理领域的思想,整个心理存在,意识内容,心理积累，心理时间，心理知识，心理记忆，意象，自我，观察者，个体性，都是一个东西，也就是意识洪流。所以这个领域的思想和自我根本就是分不开的，是同一个东西，不可能其中一个没有了，另外一个还在。所以根子就在于，对于这是一个整体，还是完全没有真正深入的了解，才会有分门别类祛除的想法。

自我感真的不在了，也就是自我的瓦解和消失，思想就不会再进入内心领域兴风作浪了，哪里还有什么个人色彩的情绪之类的东西可观察？看清楚我就是思想，也就是看清楚我的思想本质，那么我就不再具有任何的重要性，自我感瞬间瓦解，瞬间消失，那就已经是一个无我的存在了。此后发生的对思想以及自我的随时的观察和了解，根本不再是在个人基础之上或带有个人色彩的了，而是全人类的共性。

另外，心理层面有单纯的思想存在，也就是心理层面有所谓的事实记忆存在吗？从已知中解脱，是从心理上的所有认识当中解脱，关于心理层面的所有认识，所有积累，所有内容，都属于心理记忆。我们也许认为从所谓的观察体验当中得到的那些内容是无害的，调用那些内容没有关系，那些属于事实记忆，但那些实际都属于需要全盘否定的经验。之所以会坚持那样认为，那是因为思想不知道有另外一种探索的方式，那就是边看边说，看到这些东西完全不需要调用以前的经验，这些东西本身就是作为人类心理世界的事实随时存在着的，可以随时看到，随时说出来，同时也随时抛弃。

我们常常从理智上或者逻辑上非常非常认同"我就是思想"这样一个说法，然后以为那就是看到，然后就在这个基础上继续往前走，完全不再质疑那是真正的看到，还是只是一个理性认识。实际上后面再往下走的，全是在这样一个坚定的理性结论或者信念之下进行的，实际上是典型的思想为基础也就是思想指导下的观察。没有质疑自己对"我就是思想"这一点的认识的性质，是因为不知道什么叫看到，以为那样的认识，就已经是直接的看到了，这完全是思想和头脑当道进行探索的表现。看清虚假的本质就清除了虚假的内容，清除的是所有本质虚假的内容，是连根拔起，连根拔起了还要一个叶子一个叶子、一根枝一根枝地修剪，那不是在逗自己玩吗？一棵树已经被连根拔起了，旁边还有一个人一点一点地在那里修剪枝叶，为的是把这棵树弄死，你不觉得这画面太美不敢看吗？逻辑上都说不通。

而聚焦在情绪上，聚焦在观察上，聚焦在观察是不是真正发生了，其实都是思想导向的活动。情绪出现之后不命名，只能说是最后一环的观察者暂时不在了，本来受那个观察者干涉的情绪在没有任何干扰的情况下，可以得到充分发展和消失。然而，如果此时没有对情绪产生的过程和机制有充分和透彻的观察和了解的话，或者换个说法，这个时候，如果产生情绪的那个过程和机制没有充分展现出来的话，之前那点儿共处的体验或者所谓的观察就是微不足道的，除了积累一点儿又会成为心理记忆的观察体验之外，可以说毫无意义。而这种要么流于表面、要么流于局部、要么早已方法化了的观察，恰恰是我们常常自觉不自觉在做的。

连环问：知行合一

2018-07-04

这是不是个伪命题？

首先，知行合一是一个理想或者对自己的一个要求吗？

我们为什么希望知行合一？

如果"行"指的是行动，那么"知"指的是什么？

"知"是指一种认识、一种知识、一个观点、信念、结论、一个"应当如何"吗？是已知吗？

智慧、真理或者真相属于"知"的范畴吗？

是谁在"知"？谁在"行"？这个谁，和"知"、和"行"，是分开的两个不同的东西吗？

知行存在合一不合一的问题吗？

知行不一的情况真的存在吗？

除了本能反应，我们有什么行动不是在内心某些认识，也就是某种"知"的指导或者指挥之下产生的？

我们通常说的知行不一指的是什么意思？

是不是觉得行动没有符合或者贯彻自己某些应当得到贯彻的认识？

然而，那个行动有没有可能是在内心深处另一些更强大、更牢固的认识驱动之下产生的？

所以，真的存在知行不一的情况吗？

所谓的不一，是不是本质上只是两种认识之间的分歧，而非知行不一？

知行合一，这个表述当中是不是本身就存在着某种分裂？

所以，如果是知识、认识或者说是思想在指导行动，是不是无论合一不合一都是冲突的来源？

不受思想干扰地即刻行动，还存在一个先知后行或者所谓知行合一的问题吗？

微雨的夏日周末

2018-07-08

切莫错失那就是生命本身的每个瞬间。

窗外下着细密的雨，窗前西府海棠上淡下浓的绿叶几乎纹丝不动，只有积聚了重量的雨滴从一片叶坠落到下方的另一片叶上，才会引起叶片上下的微微颤动。

院墙外那棵参天的杨树，比顶楼屋脊还要高出一两层，投下巨大的树荫，而院墙内那棵因为飘絮而被锯掉了整个头颅的大柳树，只在主干的顶端生出了直径还不及一把大伞那么宽的一些茸密的枝条。

隔壁楼有位女士在唱着歌，自得其乐。知了也在树上唱着歌。十七年蝉，就为这几日大鸣大放，短暂而又恣意的华丽，是怎样的一种奇迹。是日小暑，难得有这样微雨的舒爽天气。

转眼又是一个清晨，一个空前绝后的清晨，因为它无比新鲜，也将永不复返。

清凉的空气，满眼的翠绿，啁啾的鸟鸣，塘里的蛙声，水底的游鱼，水面的树影，点水的蜻蜓，一种无法言喻的至福般的宁静。还有偶尔飘落水面的黄叶，激出点点圈圈的微雨，以及水面上游走的小小香油罐儿。然后摘一片香椿的嫩叶，放在鼻翼，在那几乎让人醉倒的氤氲香气中，

归去。

这样的清晨，抑或在刚刚割过的青草香中，一个清凉惬意的黄昏，都是多么丰厚的一份馈赠，你怎忍心将它虚掷？

Alone from this chaotic world, drink the fountain of life.

于是内心丰足，就像一朵花，可以开得美艳无比，却又旁若无人，孑然独立。

转变的可能

2018-07-09

每个人都有。

在彻底转变之前，人与人从客观上或者从外在看是有些不同，但是把这种不同心理化就有问题了。或者说，在彻底转变之前的程度差异几乎可以忽略不计。真正称得上不同的，只有转变了还是没转变。也就是说，心理上的进步是不存在的，只存在思想内的局限和思想外的智慧。

自我和从自我中解脱的可能性，可以说在所有人那里都是同时存在的。每个人都有转变的可能，只要够认真，够热情。关键是有热情，而不是需要勇气。真正的探索热情可不是打鸡血，打鸡血是外在的影响。探索的热情由内而发，源源不断，不需要任何的刺激。这是一种自发的而不是在动机驱使之下或者外在压力之下进行的探索。

只要有热情，那些核心问题或根本问题就已经在心里种下了种子。直接去看、去探索你关心的那些问题的真相就好，比较各种哲学、宗教、心理学，比较各门各派的说法，只会转移视线和浪费时间。当我们热衷于做各种哲学、宗教、心理学的比较研究，而不是直接从质疑开始探究自己内心世界的真相，那么，可以说那种研究的热情是一种虚假的热情，只是思想沉浸在自己世界里的狂欢而已。

要探索人类精神世界的真相，无论从哪里得来的说法和理论都没有帮助，内心世界的事实得直接看到才行。脑子里装太多别人的说法，反而会成为障碍。依据大多数人认同的某些说法、准则或者所谓"道路"，是能带来某种安全感的，即便其本质是南辕北辙、缘木求鱼，即便其中有很多的压抑和扭曲。所以要格外警惕这类伪装成帮助的陷阱。

无情却有情

2018-07-13

对思想冷峻，才可能对生命热情。剔除了思想对生命的影响，把生命从思想的控制下解放出来，才是真正对生命负责。本属造物神奇的生命，怎可被思想这种局限的东西牢牢掌控？而这解放，需要对自我以及思想真相的直接看清。

看清它们的真相，需要的不是如痴傻一般的脑袋空空，而是一种高度警觉的空无跟安静。当看清楚了思考者就是思想，也就是我只是思想而已，整个心理世界的色彩会顿时褪去，里面的内容再也不具有之前那么蠢蠢欲动、张牙舞爪、五光十色的生命力，而是立时哑然失色，安静下来，自我的大厦轰然倒塌，尘埃落定，心理世界的整个真相即被和盘托出。只有此时，那超越思想之外的无边无际的浩瀚真相，也就是爱、美、慈悲以及智慧，也就是那让繁华生命得以呈现和绽放的空无与秩序，才可能被触及，只不过这些词语都太过无力，因为那空无本身完全无可言喻。

那浩瀚，远非思想能够把握。

所谓的"爱"

2018-07-15

当我们说爱一个人，我们怎么能确定爱的不是跟这个人的记忆，那份或美好或特别的回忆，而是爱的是此时此刻的这个活人？就像烟瘾，其实并不一定是爱烟本身这个东西，而是长期形成的某种深刻的惯性记忆。哪怕是一见钟情，你怎么知道那就不是应和了你心底深处已有的某种十分理想的期待？潜台词就是，你怎么知道那不是又一次中了思想的诡计？

而当你说你对什么没有占有欲，是不是因为那样东西对你来说还不够美好？曾经"占有"过一样无比美好的东西然后再失去，那份悔恨不已、追悔莫及，那时候再说你到底有没有占有欲。哪怕是对真理的爱，你怎么知道那里面就没有一份对最美好事物的觊觎？而这些，统统与爱，甚至与你爱的那个人、那样东西，没有半点关系。这些记忆，这些占有欲的存在，恰恰让爱没有了容身之地。

弄懂什么是真正的爱，才是生命的意义所在。这种意义不依赖于任何一个人、任何一件事、任何一宗物品而存在。它丰沛具体，却无可把握，既事无巨细，又浩渺无垠，无边无际。

那样的爱，足以囊括世间一切美好。

期待

2018-07-25

关于人生，我们内心都抱有美好的期待，好似只有那样，这一生才不会显得太过黯淡，这一辈子才值得一过。可是，只有抛下所有的期待，以不计回报的热情，全身心投入去探索人生的真相，那真正美好的才可能到来，才可能不再给这个世界的混乱和丑恶添加柴火。这个真相就是，这世上没有哪一寸哀伤，不是来自思想。

而那真正美好的，任何人事物都无法给你，开启它的密匙，只掌握在你自己手里。因为这个世界上，除了自己，没人懂你。当你真正懂得了自己，才发现自己不过是个幻影，此时自由不期而至。也只有此时，才会有真正的爱与深情。当那样一份完全不需要确认，也不会患得患失的爱降临你身，你就会懂得那是怎样的至福与幸运。

确定

本质上还是一种对安全感的求取。

没有动机的质疑或者没有选择的观察，本身就是一个否定式的表达。并不是说不存在没有动机的质疑或者没有选择的观察，而是说它们来自对动机、对选择的质疑、否定进而动机或选择的消失，而不是直接就出来一个没有动机的质疑或者没有选择的观察。直接确认一个没有动机的质疑，还是思想的确认，直接去做一种没有选择的观察，还是思想指导之下的观察，所以根本不是没有动机或没有选择的。没有动机的质疑或者没有选择的观察是没有办法从正面去确认、去把握、去做的。

而事实呈现之时的清晰，是根本不需要确定的，就像你不需要确定太阳会从东边升起。只不过关于是清晰还是确定，我们通常完全区分不出来。简单说来就是，在搞清楚思想或者自我的真相之前，所有的清晰都有可能是确认，或者说，在自我彻底瓦解之前，在脱离意识洪流之前，在解脱之前，所有的清晰都有可能是确认，只是一个笃定的观点或者结论。

那我们怎么知道自己的表达，是对真相一点点的描述还是又是观点？首先看它来自哪里，是不是脑子里现成的东西翻出来的或者加工出来的。另外，真的看到了事实，会直接带来变化，而不会形成另一个认识留在脑子里。真的看清了事实，你将不再需要任何结论和观点，那个鲜活的事实可以随时找到自己的表达。

干净

有一股征服人于无形的力量。

空灵至纯的音符弥漫飘荡，来自江南家乡的翠绿豇豆、橙红秋葵，一根根在手中去络成段。这一刻，时间停止，空间凝固，却有着无穷无尽摄人心魂百转千回的旖旎丰富。

存在的全部意义不在别处，就在此刻。这个瞬间，独一无二，变幻莫测，瑰丽神奇，没有时间，所以超越时间。那就是爱所在之处。

真正的艺术，从至真至纯、最自然的空无中来。倘若脱离了最原始、最真实、最单纯的那个东西，就已经变了质，因为思想早已进驻。而思

2018-07-28

想构造的大厦再怎么壮丽，也不过是一场泡影，直与海市蜃楼无异。

堕落的艺术，于是成了自我的表达。而自我，尽管是全世界盛行通用的语言，却由于它分裂虚幻的本质，永远都是鸡同鸭讲，让这个世界不停分崩离析。

不如归去。

踏出意识洪流，回归浩瀚的生命里。

那将是再也无法把你分割出来的一体，一无所依，也一无所惧。

占有欲

2018-08-14

这个看似是关系自带的东西，究竟是怎么回事？

对最美好的东西或者自己最看重的东西，我们是不是有一种近乎本能的独占欲？有占有、属于，就会有各种应该怎样。我们会为合理化这种占有欲找遍所有理由，只是这个问题确实微妙难懂，因为人在这个问题上长久以来执迷深重。

对大多数人来说，有关系就意味着有要求，意味着应该怎样。或者说得直接一点，我们所谓的关系就等于要求。看看是不是这样。通常意义上越紧密的关系，要求就越多、越明确。

而那些无论被多少人所公认的天经地义的要求，本质上依旧是一种应该怎样。我们通常认为关系中发生了不应该发生的事情，那是不道德的，但实际那些应该才是不道德的，因为那是被思想掌控的表现。

不要一下跳到对立面上说应该相反，应该不怎样或者不应该怎样，或者可以为所欲为，那实际没有任何不同。关系中的问题，本质上都是应该怎样带来的问题。无论多么理直气壮、理所应当，都是应该怎样。只要没解脱，就是困在这里的。

我们通常在关系中的定位就是关系性质，就意味着要求和应该。所以所谓的关系定位，其实才是那个真正的诅咒，跟有没有形式上或法律上的关系性质没有太多干系，心理上的那个定位才是问题的根本。

举例来说，热恋是恋人之间非常美好的体验，这时候两个人会非常希望独占这种极其美妙的东西，这种美妙不仅是自身感受的美妙，也包括带给对方美妙体验的资格或者能力，这些通通是希望独占的。那种极其美好的感受，本身完全没有问题，但是马上就会附带另外的那些东西，所有的排外或者应该都来了。而所有的应该都是关系的杀手。没有应该挡着，关系会是一件极其美妙的事。

说得简单一些，在关系里，我们对一个人应该做什么、不应该做什么，都有些事先的设想。哪怕你觉得这是一个很低的底线，一条退无可退的底线了，那还是有一条线存在的。也就是说，那只是观念内容的改换而已。而且，越是美好的体验，思想就越是会通过它来取得掌控地位，控制人类，说到底就是思想在不择手段地求取自身的安全。

只有认识到不存在安全，于是不再追求安全，也就是思想全面退出对生命的掌控，这时候才会有真正的安全，跟生命融为一体的安全。只不过这种安全思想理解不了，也无法加以追求。

关系的定位

2018-08-17

任何关系性质、定位，都是陷阱。

关系性质、定位，本身就是标签，是已经潜入意识深处的陷阱。

某个关系定位，也就是通常意义上的各种关系性质，无论是约定的还是默认的，无论是情感上的、血缘上的还是法律上的，即使最初是外在的，但是一旦有定位，就会瞬间同步到心理上，就已经是心理定位了。而这个心理定位正是痛苦的根源，因为这个定位当中就包含了一大堆应当如何，无论对自己，还是对别人。

所以，一定要给关系一个非此即彼的定位或者性质吗？为什么一定要有个定位？人通常没有一个定位或者没有一个自己能接受的定位，就会抓狂，可是有定位才会有错位，

才会招致心理痛苦。所以为什么一定要给关系框定一个性质？

人与人之间可以有感情或者有关系，但是一定要定位成什么吗？出于真挚的感情、出于爱也会做很多事，采取很多行动，但那不是来自定位，当中完全没有因为这个定位派生出来的应该怎样。此时关系的外在形式变得完全不重要，什么形式都可以，只根据客观需要而设定。

没有应该怎样才有爱，有应该怎样，就没有爱。

而真正的自由或者快乐，是做一个没有身份的人，一个无法定位的人，一个什么都不是的人。

介意就是爱?

2018-08-19

你是不是觉得你越是介意,你就越爱那个人、那件事?

我们通常就是根据介意程度来确定自己爱不爱的:正是因为在乎你,才会介意你的 ABCD,这恰恰说明我爱你,所以才会有约束、限制、过问、干涉甚至是控制,一边还振振有词:要是我不在乎的人,我才不会管那么多呢。听到这个逻辑,你是觉得天经地义,还是不寒而栗?

爱本是或柔缓或澎湃的一条清流,可是上面那种爱呢?是布满了糟粕和杂质的一潭死水。我们的爱,通常跟无法独占的痛苦,以及那个痛苦产生的一系列行为是分不开的。虽然最初那份强烈而单纯的感受和后面思想产生的行为实际是两件事,所以才有爱本身和尾巴的问题,但我们通常就是把它们混在一块儿的。我们通常就是因为很"爱",所以很介意,所以很痛苦,所以各种奇形怪状的行为就出来了。

说得简单些就是,只要有痛苦,那就是思想的产物,思想占据主导才会导致痛苦,而思想不是爱。无论想独占的对象或者内容是什么,无论那个独占的想法看起来多么理所应当,都属于思想。那份感情本身没问题,问题是尾巴,而真正的爱是没掺杂质、没有尾巴的。

至于关系中如果发生了什么会怎样,这个问题其实是思想在逗自己玩儿。真的发生什么事情的时候自己会有什么反应，是没有办法预设一定会怎样的。另外，觉得一定会怎样或者一定要怎样，也很容易成为限制和要求，所以完全不需要去做这个猜想或者预设。如果届时还是发生了过去一直发生的痛苦之类的反应，那就是因为希望事情不这样发生，或者认为不应该这样发生，毫无疑问这还是思想控制的模式。

只要思想在掌控，就不可能是 whatever happens, it just happens 这样的状态，也就是事情发生了就只是发生了而已，I don't mind what happens. 但是一般人看到这句话会觉得是冷漠，其实不然，而是一种淡然。淡然本身就是因为没有思想干预，这个时候也才可能正确处理。淡然不是因为不爱或者没有爱，恰恰相反，不淡然、介意得要死才是没有爱，因为是思想在掌控。至于思想为什么会掌控，那是因为最初那份爱的感受是纯粹而特别的，思想就是容易利用最为特别的体验来上位。

爱一个人，就给 ta 充分的自由，别让思想污染那份爱。但是这份自由无法要求自己主动给出，而是来自自身首先从思想中解脱出来。

人的动物性

2018-08-21

越位的思想体现的是人身上被无限放大的动物性。

与我们通常的认识相反，思想并不是人类文明的体现，因为它最底层的核心是动物性，也就是动物的占有本能。这里的文明是相对于原始野蛮而言的。也就是说，人类其实一直是原始野蛮的。无论是人类的历史上，还是现今的人类世界，都充斥着思想驱动的侵略和战争，这只不过是人类的动物性，也就是动物的占有本能和攻击性更为复杂、更为极致的体现。一个动物，它那最原始也最简单的意识里面就有着这些特性。

这里的思想指的是越位的思想。而只要没有智慧的驾驭，思想的本性就决定了它必定是越位的，因而具有不可避免的分裂性和破坏性。思考功能是大脑进化的结果，但是思想的内容，就是在动物那个最初级、最原始、最简单的占有意识上发展起来，思想求取自身地位和安全感的行为和那种动物性如出一辙。占有意识是动物性当中的核心之一，表现为争地盘、争配偶的侵略性也由此而发。

占有，无疑是一种心理上的占有感，因为从客观来看，任何两个人事物之间都不存在真正的隶属关系，也无所谓占有。就像一棵树并不占有它上面的一片树叶，一只松鼠并不是真的占有一颗松果一样，那片叶子只是生长在那棵树上，本身是一个整体，无所谓属于，那颗松果最多也只不过是被那只松鼠吃下去，化为身体所需能量的一部分而已。世间万物本是一个有着千丝万缕联系的有机整体，本无所谓占有和属于。

所有的占有和隶属关系都只存在于思想意识里，独占欲，也就是独占的想法，实质只是一个非常顽固的观念，一个超大号的应该怎样。而意识里应该怎样的想法跟爱无关，占有跟爱无法共存，有爱反而不会有占有的心思。占有一个人和占有一个物，本质上是一回事，换句话说就是把人物化了。但即使是物，也并不真正存在占有。说到底，连自己的身体我们都是无法占有的，毕竟，这个占有者又是什么呢？一个本质只是思想的东西，怎么可能占有任何东西呢？所有的"占有"，都不过是思想一个一厢情愿的想法罢了。

结束你的木偶生涯

2018-08-26

我们就像是一只只提线木偶，是什么在牵动那根线？

实际只是思想观念在驱动一个个生命体的活动而已，心理层面或者意识领域并不真的存在一个个体，也就是心理上的我和你。思想观念，或者说想法，只是某种物质当中包含的可以被大脑解读的信息而已。正是这些信息的内容，典型之一比如"心理上有你我之分"，在掌控着人类。心理层面或意识领域的个体并不真的存在，个体感只是意识当中的一个并不属实的虚幻内容，也就是存在于意识里的一个错觉。

而解脱，无非是一个生命体脱离思想的控制，因为看清了自我的思想实质以及思想的记忆实质和性质（陈旧、僵死、片段、破碎、局部、有限、抽象、虚幻），以及它对生命实施控制的过程。思想只是自人类有史以来输入的各种数据，储存的所有记忆及其变形和演化，记忆不过是头脑抽象功能的产物，也就是一种异质于实物的数据。而思考只是那些数据被调用得出另一些数据的程式，刺激生命体产生各种物质然后调动整个身体做出各种反应。身体的物质基础即生理机制对思想的演算机制密切配合，或者受其所控。接收某个信息入脑，被输入的那个信息或者那个信息的内容控制，就会通过神经中枢让身体产生一连串的反应。

人类的所谓高级，无非是最初从动物那里继承来的那个几乎是单一

内容的意识核心，也就是占有欲披上
了以几何级数无限增长的花哨外衣，
也就是内容和形式丰富的思想而已。
人们惊叹于、倾倒于或是盛赞思想的
复杂精妙，却浑然不知，人间地狱正
是由它亲手打造。被思想掌控，是人
类堕落的开端和根源。

　　思想掌控的人生，先不说内外各
种冲突不断是基本的常态，而且这样
的人生永远有个消极悲观的灰暗底
色，因为思想里充斥着应当如何。即
使一个人看起来乐观积极，那也只是
一种反应式的对抗而已。思想的干扰
大幅减少，能量才会保存下来，有更
多余力去探索，去爱，去生活。思想
撤去掌控，便无所谓消极积极，只有
或澎湃或宁静的喜悦形影不离。

　　我们常常看到所谓的原生家庭被
当作自己心理问题的替罪羊，然而可
悲的是，哪怕从小在家庭里面得到了
充足的安全感，也无法阻止自我这个
错觉的形成，也就是被思想所掌控。
所以，问题的根源远不止我们以为的
那么简单。对于这个问题，我们需要
的不是归咎和审判，而是深刻的质疑，
才可能结束自己的木偶生涯。

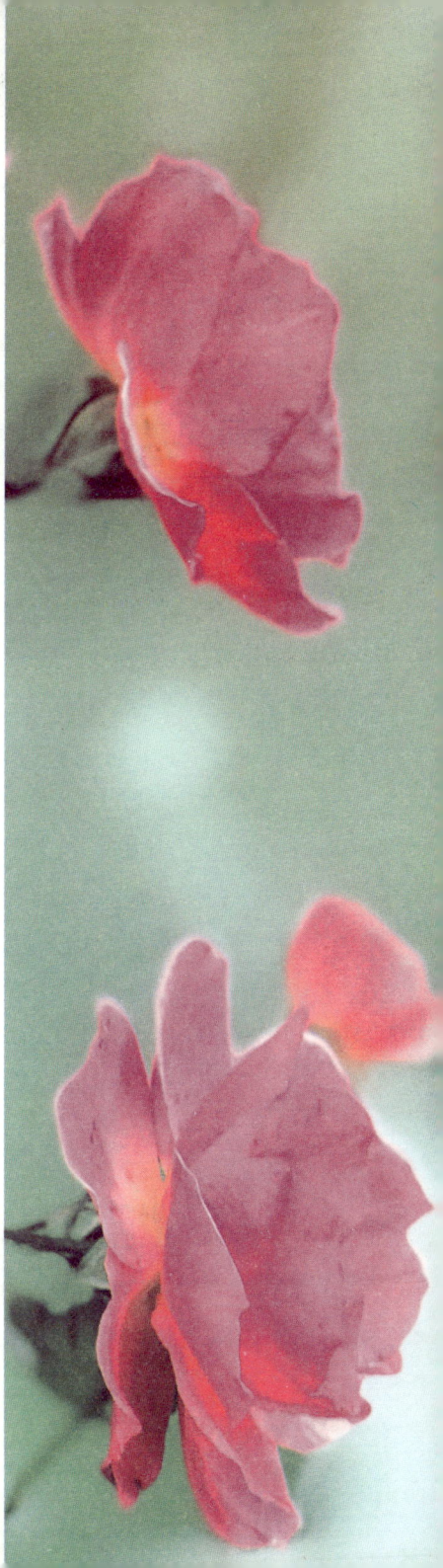

你

2018-08-29

你是那朵华丽如牡丹的绢质榴花，

你是朝阳登陆前待展的小小喇叭，

你是依偎水面出双入对的睡莲，

你是跃出清涟孑然玉立的新荷，

你是初秋晨光中玉簪绽放的洁白无瑕。

你是与天接壤的高山草原上一只翩跹的彩蝶，

你是一头扎入芬芳甜乡的那匹呆萌蜂宝，

你是姿态各异瞬间紫出一个世界的幻色仙子，

你是胸襟无际开阔的斑斓大地，

你是美到无可言喻的绚丽晚霞，

你是黑夜里清冷着晶晶亮的那颗星，

看起来就像是另一个遥远却温暖的家。

你是草，是花，

是清晨的鸟叫，树上的蝉鸣，

是远处蹦跳啄食的小雀，

是身边逡巡腰细如丝的一只纤蜂，

是晨曦中熠熠生辉的一片落叶，

是透过树影洒在草地上的斑驳阳光，

是宛如天使之泪的露珠晶莹，

是倏忽天际变幻莫测的醉美流云，

是酷暑过后初秋里的阵阵清风。

你，就是生命！

人生的意义

2018-08-31

与任何个人观点和个人意志无关，又事关所有人生死存亡的意义。

楼下邻居院里的萝藦已爬满篱笆。微雨的早晨，有此起彼伏的虫鸣和稀疏的鸟鸣，知了似乎一夜间消失了踪影，只有淅淅沥沥的雨声带着清凉的空气，似乎在宣告酷暑已过。

生而为人，活着的意义就在于看清人生的真相，无论这个真相是什么，有多么不堪。而它的核心就在于，我们目前整个生活的核心，那个我们

觉得千真万确的意识主体，那个独立的精神实体，那个"我"，究竟是不是真的存在。

而看清这个真相需要不懈的观察，需要无选择的觉察。只不过这个觉察，并不是一件可以主动去做的事，而是思想的干扰褪去之后，自然出现的一种关注。它是对目前包括思想活动在内的自身的各种活动感兴趣于是想了解，从而出现的一种自然而然的关注。它既不是一种自律，也不是一种要求。它是一种如火焰般热烈却没有半点执着的了解。

而此时此刻，是观察唯一的起点和终点。每时每刻，于被思想掌控的生命而言，都是一个生死攸关的重大危机，所以请珍惜这个被逼入墙角无路可退的宝贵机会，因为它是脱离意识洪流，融入浩瀚生命的唯一契机。

那浩瀚的生命，是思想无法染指的。从思想中解脱、从自我中解脱的状态，是一个被思想控制的头脑无法妄加预期的。思想对思想之外的东西给出任何猜测、设想或者观点，只能说明思想的顽固和不自量力。而恰恰是这一点带来了整个人类的悲剧。

造物的慷慨与神奇

2018-Q9-01

怎能被如此无视、糟蹋和浪费？

一草一木，一枝一叶，一花一果，一鸟一虫，可曾让你驻足停留，深深凝望之下，备受震撼，几乎泪盈于睫？这些最不起眼的寻常小物，无不在淋漓尽致地体现造物的慷慨与神奇。这浩瀚的生命，这真正的创造，the creation，赋予了足够整个人类幸福美满地生活在这个地球上的一切，足以喂饱和滋养所有人身心的一切。身为人类，本可让这片乐土和自己的生活美如天堂，却被一种东西牢牢掌控，对这份宝贵的丰盛和奇妙熟视无睹以致浑然不觉，自顾自导演着、上演着一出出人间悲剧，彼此争斗和自相残杀从未停止，而且愈演愈烈，一砖一瓦地造就着一座人间地狱，走上了破坏自身的生存环境乃至最终极有可能导致毁灭的歧路。

作为人类的我们，还能再愚蠢一点儿吗？

欲望

2018-Q9-07

不需要谴责和压抑，也不是要放纵和沉溺。它只是需要得到了解而已。

欲望的运行过程，无非是脑子里构建画面引起身体感受，引发冲动以及行动的过程，不需要谴责这个过程，而是需要把它看清。当你看到一辆车，想象自己坐在车里疾驰而去的画面，会产生想拥有那辆车的冲动，欲望由此产生，显然思想在这个过程中起到了至关重要的作用，欲望就从构建画面或意象的那一刻开始启动。

看清了这一点，这个隐含在每个欲望当中的引发过程和引发机制，思想退位，欲望也就失去了强化或者延续的根基，如果后续没有受到进一步的干预，它会沿着自身自然的脉络绽放和消退。所以无论内心出现了什么欲望，都不需要谴责或辩解，只需要如实看到和了解，没有一个应该怎样，即使出现了应该怎样，它也没有力量，因为被看到而失去了影响，这时关于欲望的真相才可能原原本本地呈

现出来。

　　同时，无论是什么引发的，欲望本身包含着巨大的能量，那是一种熊熊燃烧的渴望，是生命力的展现。当它被像一朵花那样因充分的了解而得到了充分的绽放，思想因被洞穿而失去了破坏性的掌控力量，能量不再去往破坏性的方向，停止耗损从而得到了保存，生命的激情就可以焕发出来。所以看穿欲望，不是要也不会让生活变得了无生气，而是恰恰相反，会有汩汩流淌着的、不会被虚耗的、或澎湃或安静的热情。

看

是一个头脑退后、你的整个存在在感知的状态。

当你观看一个美的东西，比如一场落日，或者当你真的在看一个东西的时候，你会明显感受到整个头部那个去中心化的过程。那是一个头脑退后、你的整个存在在感知的状态。你与那个被感知的对象没有距离，没有头脑的造物挡在中间，你才是真正看到了 ta。

Through thought or brain, you never see a flower.

思想或者头脑永远无法懂得一朵花的绽放，也无法真正了解任何一个东西。

我们几乎从来没有真正看见过任何一个东西，我们看到的只是头脑对那个东西的解读，也就是，识别，辨认，概念，知识，记忆，印象，经验，判断，评价……这些极其有限、片段、破碎、陈旧、僵死、抽象

2018-09-10

的虚幻之物。我们实际上活在了头脑里，活在了头脑构造的那个虚拟世界里。

　　而那个真实的世界有惊人的无法言喻的丰富和美，只要头脑不阻挡在你面前。

　　你跟那个精彩无边浩瀚美妙的生命从未分开，只要头脑不启动思想这个抽象化的过程。

　　否则，你看到、感知到的这个世界，只是你头脑的产物，你意识当中已有内容的投射。你从未和世界有真正的接触和联系。那是一个鲜活的生命被生生阻断的过程。

　　而看，是一门最伟大的艺术，那是一门让生命、让存在复归一体的非凡艺术。

初秋的午后

2018-09-12

尽管已是正午，依旧有稀疏的清脆鸟鸣。

微风吹过，狭长的黄叶从婀娜摆动的高枝上旋舞着飘落草地，飘落水面。秋风清爽，阳光温柔了许多，阳光下的玫瑰依然艳丽，刚开过花不久的栾树已结出了鹅黄嫩绿的果荚。两只胖胖的黑蓝喜鹊，在草地上闲庭信步，旁若无人地啄食嬉戏，闪着蓝色光泽的双翅叠在背上，挺着黑色的胸脯，翘着长长的尾巴，翅缘和肚皮底下的一抹白，显得格外优雅。偶尔扭过小黑脑袋来看看你，要么被经过的行人或突如其来的声音惊起，振翅飞出一小段距离又重新落下，继续摇摇摆摆地踱步觅食。

常常有白色的菜粉蝶双双从你身边上下翻飞而过，或者掠过远处的翠绿草地，留下一道洁白的曲线。另外最常见的就是那种有着豹纹样斑点的深橙色蝴蝶，有时候会乖到静静停在那里，等你拍个心满意足再展翅离开。

只有思想停转，头脑停摆，你才能触及那唯一的真实，那广深到没有边际的寂静之美。

老师

2018-09-13

是你周围内外的一切。

做任一领域的老师，都存在成为障碍的危险。那种满足感极易令人迷失，即便你自认为还算清醒。在内心里，永远不要做一个"老师"，永远不要给自己留有一个位子，表现为优越感、成就感、身份感乃至存在感的自我感便无从生起。

生活就是关系，关系里的所有人事物，作为映照我们内心的镜子，都是我们的老师。互为教育者和被教育者的大家，了解自我可不是一件只在某一天有意义的事，在关系中学习，可以是每时每刻乃至一生的乐事。而无论哪个方面，无论是对自己/自我的了解，还是知识技能方面，兴趣和热爱都是最好的老师。

而在了解清楚自己之前，我们无法真正懂得别人，也无法真正去爱一个人。在看清自我的真相之前，我们每个人都是一个时刻等待中箭的移动靶子，也是一个随时准备发射的箭筒，就像大多数人那样，最终在伤害与受伤中了此一生。在这一点上，通常意义上的老师与学生，又有多少差别？

看清思想和自我的真相，心里再没有一个靶子，无论别人射来多少支箭，你都不会受伤，也不会去伤害别人。那是一颗重生了的纯真的心，从未受过伤，也不会再受伤。只有这样的人心中才会有爱，在这样的人之间，才可能有真正的合作，才可能建立一个崭新的世界。造就这样的新人类，便是教育的核心所在。

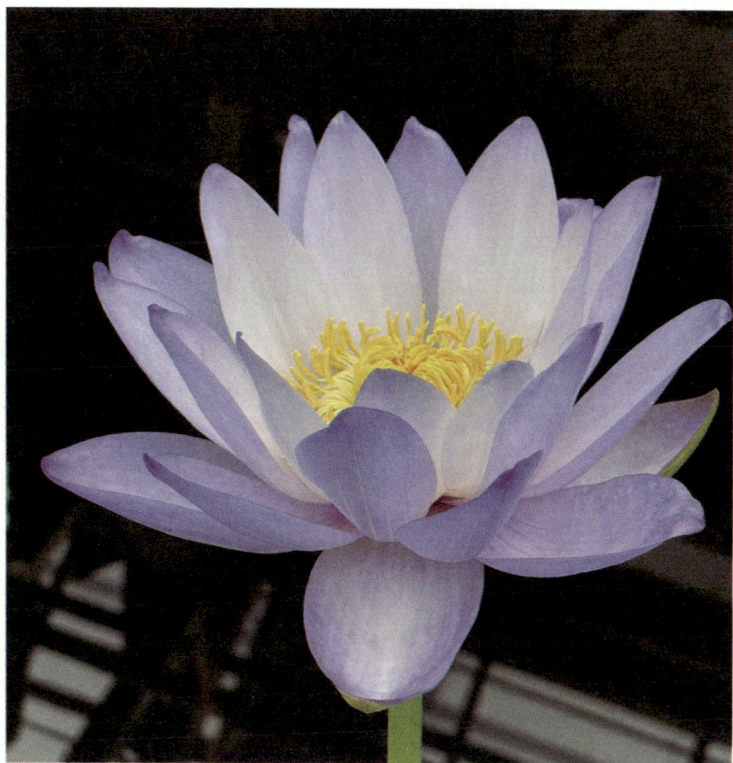

黄昏里的浓情蜜意

黄昏，鸟儿在暮色中成群飞过，叫声又像清晨那样多了起来。伴随着细密的枝条中一阵无法看清的骚动，扑棱棱翅膀声中传来嬉闹般频密细碎的交谈。远处的高枝上也有悠扬嘹亮的独唱长鸣，树下草丛里、墙根下已能听到蟋蟀的清脆叫声。

浓密的法桐树冠上则是喜鹊在开江湖大会般的高声聒噪，充当伴奏的，是只余最后几日可以开动的一部空调机，冷凝水在落下时击打雨棚，发出的固定节律的滴答声。各种动响之中，世界显得格外安静。西天最后一抹绯色的云正在向东移动，渐渐散去，夜的静谧正悄悄降临。

每天在日暮时分若能有些许片刻可以驻足，常会收到一份饱含了浓情蜜意的治愈身心的绯色大礼，让你怎能不惊叹造化的慷慨与神奇。

这个世界从不沉闷，从不乏味，每个瞬间都充满了新鲜的惊喜。连一片落叶中蕴含的美，都远超世上所有博物馆馆藏之最。头脑不再掌控，便无所谓千篇一律，只有精彩丰盛的目不暇给。

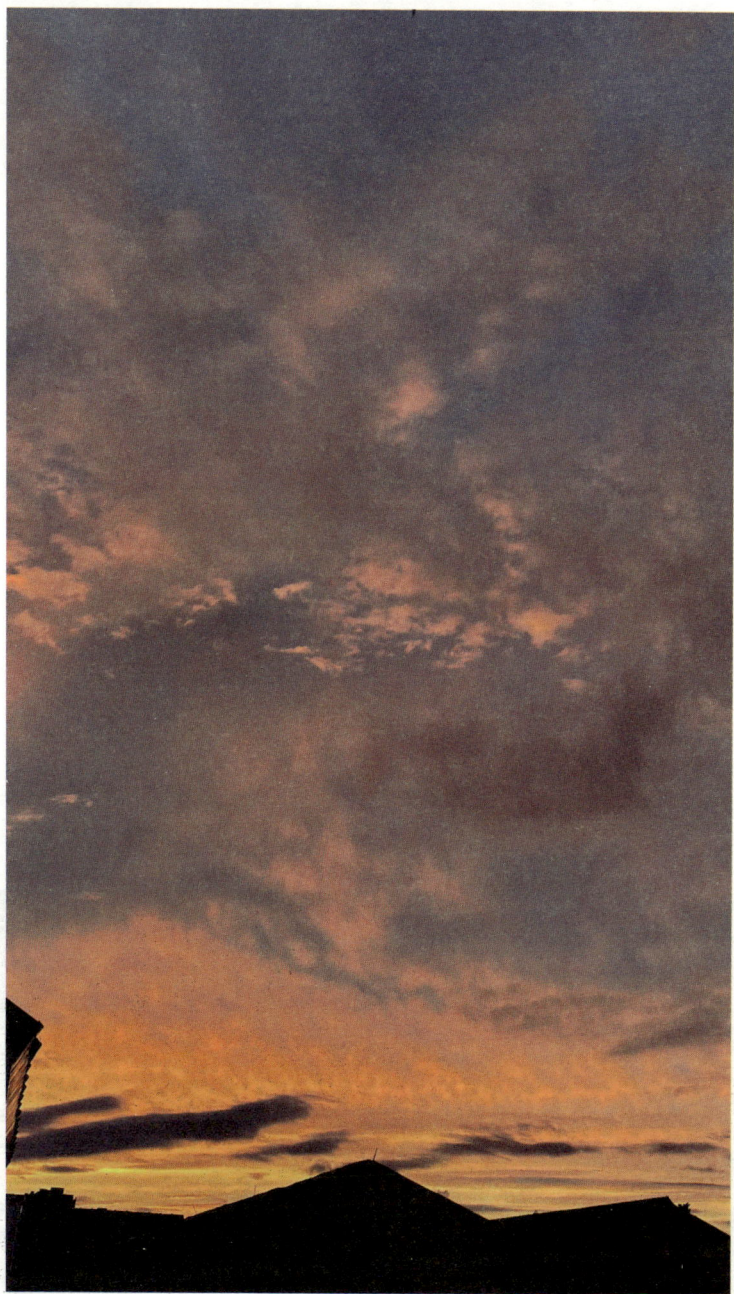

整个人类沉陷其中的时间闭环

2018-Q9-15

　　一座囚禁了全人类的牢笼。

　　记忆、思想，或者回忆、思考，是把真实的事物进行极度的降维、令其坍缩的过程。一个本来有着无数个因素或者维度的鲜活的人事物，被瞬间降减、压缩成了一个抽象、片段、固化、平面、陈旧的概念、符号或者意象，而我们脑子里的所有内容都是这个性质。于是从光怪陆离的大千世界一下子落入到了呆板狭窄的思想世界里。

　　一件事如果不需要跟人说起，也不需要施加某种评价，就根本不必

诉诸言语，也根本不需要记起。诉诸言语、记在心里本身就是一个急剧降维坍缩的过程，一件事有亿万个因素，为什么只抽象提取留存其中的一两个，变成思想和记忆，变成概念和符号，其实是因为这个一瞬间发生的过程，就已经隐含了倾向和选择。也就是说，诉诸语言或形成记忆，本身就是一个思想的选择过程。这也就是为什么有时候对于同一件事，不同的人会形成完全不同的甚至相互矛盾的记忆。这个抽象过程除了作为日常沟通、便利生活、科学研究的工具之外，别无他用，甚至有害无益。

当我们还在被意识的内容，也就是思想所控制的时候，是不可能知道真相是什么的，因为思想太过局限。我们以为世界就是头脑告诉我们的样子，我们就这样被骗了几千几万年。只要还被思想所掌控、所充斥，就困在了那个循环往复的充满了死亡的腐朽气息的扁平的乃至线性的时间闭环里，困在了因果循环里。

而爱与思想无关。思想全面退出内心世界，爱才能降临。当头脑安静，便可一头扎入那深邃丰富到无边无际的空无当中，而你又完全意识不到它的丰盈，因为没有任何识别之类的头脑活动发生，没有任何会引起坍缩的抽象过程。

所谓"想念"

2018-09-16

与爱无关。

当我们想到、想起、想念一个人的时候，我们想的真是那个人吗？我们想的究竟是什么？或者，我们想的实际上是什么呢？尽管会引发某些感受或者身体反应，但这个"想"本身，显然是个思想活动，是脑子里关于那个人的记忆、印象、念头、想法、观点交替出现的过程，是一些有限、破碎、片段、陈旧、固化、僵死的本质抽象和虚幻的东西的活动。这些抽象的东西最早确实是从那个人那里以及跟那个人的互动中提取的，但是这些碎片一旦生成，就已经脱离了那个真实的人，跟那个人没了关系，"想"只是那些碎片自己的狂欢而已。

我们通常以为我们爱一个人的时候，才会想念 ta。而爱不是想念。爱与思想无关。爱是思想安静时，心理距离消失后，与对方无缝的交融。

从过往抽身，才可能去爱

2018-09-23

这不是一句鸡汤。

有朋友问，生而为人的使命是不是清空思想？其实并不是直接清空，而是认识到思想的性质、本质和作用以及应有的地位，思想从而退出内心领域，只作为一个技术手段存在。

而关心这些人生根本问题的人本就不多，能懂的人更是凤毛麟角，我们无法期待别人关心这些，更无法期待别人能懂，也无法期待他人的理解和认同，只要有任何一点期待，就无法避免因落空而神伤。而如果一个人脑子里观念化的程度特别高的话，其实任何人都是无能为力的。我们所能做的只有自己对那些问题不计结果地孜孜以求。

"有没有发现真正的原罪是什么？"

"我呀。"

"嗯，思想，毕竟我是思想造出来的。Thought is the original sin."

能这样对话的人，可遇不可求。但也不能期待对方一定要去到哪里。

就像看到世界混乱不堪的现状，会有大声疾呼说出真相的热情，但是不会因此带来冲突和痛苦，因为没有改变的心理预期，没有想要施加的影响，也没有异于现实的应该怎样。只不过这种既有深切的感情，也有由此而发的直接行动，同时却又非常淡然的心态，我们在思想的局限下通常无法理解，也无法触及。

只是有一点，只有从过往也就是从思想中抽身，才有可能开始去爱，去活。生命宝贵，好好珍惜、好好体会、好好去爱都来不及，莫浪费了去忧惧妒、怨恨悔。

过去的，就让它过去

文中谈到过去，首先指心理层面，或内心领域。

过去的一切，能否让它都过去？所谓"die to the past"。否则我们就与一具具被过去借尸还魂的僵尸无异。

已经过去的，无论是刚刚过去一秒，还是好像已经过了一个世纪，都不需要重新审视、回头分析，也不需要给任何人解释，包括自己。需要警惕的是现在一切的发生，其中是不是存在思想掌控的模式，哪怕是过去残存的一点势力。我们熟悉的反省和分析，正是其中最为顽固的惯性模式之一。

让过去死去，现在，而不是将来。

这听起来似乎很苛刻，但是你知道这件事不是一个时间问题，而是一个 now or never 的问题，要么现在跳出来，要么永远也出不来。觉得需要物理时间，就已经是物理时间心理化了，已经是被过去牢牢掌控的实例。

这不是讲理论，也不是定戒律，而是这个根本问题就是和我们每天的生活，和每时每刻的生命品质直接相关的，它们本就是分不开的。

　　把这些根本问题搞清楚进而扫除过去的阴霾，那么无论外在的束缚还在不在，都可以有真正自由的生活。彻底摒弃过去的影响，才可能有自由的内心。

　　放开过去，解放的是你自己。

　　摆脱过去，才能活得新鲜，才能真正去爱。

北京的秋天

2018-10-13

　　两面南窗，像一对画框，框住了两方粉蓝的天空，跟几片白絮般的浮云，昨夜还框住了那颗橙色的火星。此刻阳光出来渲染背景，鸟儿也不时入镜，远近高低，飞翔的姿态也各不相同。远处有喧嚣的车声，近处有啁啾的鸟鸣。独一无二的一天开始了。

　　而开始的这一天，便是老舍先生口中的天堂所在，因为他有句名言："北平之秋便是天堂。"初秋气爽风清，秋光里尚有新绽的芽和花。这几日气温骤降，日低温稳定在个位数，叶子开始转黄泛红，秋意渐浓，斑斓的秋色已初露端倪。待到这月底、下月初，那秋便是醇烈的美酒，只等你心醉神迷。

　　看清真相，带来的不是万念俱灰、四大皆空，而是洋溢着活力的空无跟安静，还有对生命的无限热情。一个美不胜收的新世界正等待着你，却不需一丝憧憬。

过去已死，就让它死去

2018-10-18

唯一真实的只有眼前这一刻。

过去不只是过去了，过去，其实已经是一种虚幻的存在了。过去作为一个已经湮灭的存在，记忆或者思想是它挥之不去的鬼魂。

介意一件过去发生的事，希望那件事情也如自己期待那样发生或者不发生，其实就是思想在寻求或者稳固自己的作用和地位，通过咀嚼过去的残渣来获取安全感或者快感。

一件事发生了就是发生了，为什么要对它有个看法？毫无疑问这是一个根深蒂固的习惯，也是被思想控制的最直接表现，它对发生的一切都要指手画脚。思想的渗透和入侵已经无孔不入、无处不在，乃至我们被这个全人类的敌人牢牢俘虏，几乎毫无还手之力。

思想本身就是过去。过去已死，就让它死去，不要让它在你身上借尸还魂。

真实与虚幻

2018·10·19

四季轮转，夏已逝，秋已深，冬将至。大自然的美本就瞬息万变。真实就是这样，五光十色，流光溢彩，光怪陆离，转瞬即逝，却恒久常新。

只有死去的才一成不变。凡事一经过去，就已死去，僵化，固定，虚幻，如同四处散落的碎片，再也拼凑不出真实。

一朵花、一片叶的存在就是在服务大众，却丝毫没有服务大众的想法。就像你若体会过日暮时分西行的那份福利，感觉像是要开进天堂里，而造化却统统生而不有，为而不恃。

可我们却以为自己拥有着什么，这可能是最大的幻觉之一了。连我们嘴边天天挂着的自己都是虚幻的，哪里有什么可以隶属于一个幻觉。在幻觉的笼罩和驱使下，哪里又会有正确的行动和真正的生活？

所谓"拥有"

2018-10-20

我们每个人都觉得自己拥有着什么，比如我拥有这个身体，拥有那宗财产，甚至拥有某个人，然而这可能是个天大的错觉。这个身体存在，那个物品存在，那个人也存在，但是 ta 们跟"我"是不是拥有关系，取决于那个"我"究竟是什么。我们嘴里的"我"通常就是心理上的"我"，而心理上的"我"是个错觉，所谓"拥有"只是一种思想中的认识或者意识里的感觉，本质上同样是个错觉。

一只抱着一个松果的松鼠并不真正拥有那个松果，那个松果只是恰好出现在它手里，然后最多被它吃下去转化成身体能量而已。能量只是那个身体的一部分，并没有占有关系，而且那个能量也向身体内外发生着瞬息万变的流动，或凝聚或消散。在某个瞬间，一个部分也只是那个整体的有机组成部分而已，那个整体并不占有那个部分，何况无论整体还是部分都是短暂无常的。占有只出现在抽象的关系划分上，也就是只出现在意识中或者心理上。也就是说，我们通常说的拥有和占有，都是心理上的或者意识中的，因为那个拥有什么东西的主体的性质就是心理上的"我"。两个物体之间并不真正存在占有关系，"占有"只是一个认定的想法而已，也就是觉得是拥有的而已。

"你住在自己家里，房产证上有你名字。这里的我拥有，指什么呢？"

那得先说那个"我"是什么。实际上的关系只是这个物体被这个人使用而已，房产证的存在说明已经把这个关系抽象到思想层面或者心理上了，虽然客观上这个使用明显有排他性，但那已经是思想抽象出来的社会化的关系的产物了。社会以及社会中的一切关系本身就是思想的产物。这种占有最早是从动物的领地意识来的，这个领地意识跟国界的划分本质上是一样的。

我们现在不是在讨论法律问题，而是说事实上存不存在真正的占有关系。我们通常所说的占有关系已经是思想化的结果，早就在心理层面上了。"事实上，我有个房子。心理层面占有这个房子，是指什么呢？"实际上我和房子只是使用关系，占有关系是一种思想范畴的抽象，法律也是思想范畴里的。没有心理或者思想因素，两个物体之间不存在谁占有谁，两个物体之间只是有一些交互发生而已，具体可以参看松鼠那个例子。如果以人为例，心理或者思想自然就带入了，更不好说清楚。之前说了，我们说的是实质性的问题，不是法律问题，因为法律也属于思想范畴。只不过这一点确实很难搞清楚，因为占有这个概念太顽固了。要看清这一点，必须抛开所有概念和观念才行。

人类并不占有地球，人类只是生活在地球上而已，对地球上的万物也是一样。人类并不拥有这个世界，也不拥有这个世界上的任何东西，世界上的物资只是供人类生存所用而已。人类只不过是这个广袤无边、绵延无限的宇宙中如白驹过隙般的匆匆过客。世间万物本质上是一种紧密的、千丝万缕的、不可分割的共生关系，占有是个错觉，是思想把那种丰富的联系非常粗略地甚至粗暴地抽象化的产物。在这个错觉之上，就起了所有的分别、残忍和纷争。

这个世界不属于我们，这个身体也不属于我们，但是对它们，我们有认真看顾、悉心照料的责任，一种与任何道德规范和意识形态无关的责任。

受伤

2018-10-22

从小到大，我们每个人都受过无数伤害，可是我们有没有好奇，我们究竟为什么会受伤？伤害是怎么产生的？真的只是因为别人做了什么不可原谅的事吗？还是此事另有蹊跷？我们通常会把受伤归咎于人，可是，很可能我们自己才是伤害的始作俑者，每一次都是我们自己让自己痛彻心扉。

我们都在累累伤痕中长大，在众多因素中，如果说实际上是我们自己对这些伤害的形成负有最为关键的责任，你会不会觉得很惊奇？这么说并不是要自责，也不是为施加伤害的那一方开脱，而是说，是我们自己允许了这些伤害的形成，因为我们内心有个东西存在让伤害成为了可能。而这些伤害的消除和化解，责任更加全部在我们自身，我们自己才是解决一切问题的钥匙。消除伤害这件事靠忘记不行，也没法真正忘记，表面上忘了也还在潜意识里，得重新面对把它看清从而化解才行。

　　我们每个人心里都有太多根深蒂固的认识，每一点拿出来重新审视都不容易，其中就有我们非常珍视的自我形象或者自我价值感。正是这些看起来天经地义的东西种下了伤害的种子，像一个个随时等待中箭的靶子，而靶子存在的使命就是被击中。所以这个靶子的存在才是关键。

　　所以，无论别人说什么，我们为什么要受伤？别人骂我，无论这个别人是谁，我为什么一定要受伤？有没有可能不受伤？如果我们对任何人没有任何期待，对生活没有任何要求，如果我们自己内心富足，不需要任何人的认同和肯定，如果我们内心没有一个需要不停满足和喂养的"我"，我们还可能受伤吗？我们的心能不能做一面什么都留存不下的筛子，而不是做一面墙壁？因为墙壁再硬也会被打出伤痕。我们以为墙壁能够保护我们，可实际上恰恰相反，它提供了受伤的可能，让受伤成为了必然。看清这一点，那个靶子或者那面墙壁消失于无形，旧伤会消失于无形，新伤也将无从生起。这时的心，是一颗崭新的心，是一颗重生了的心，从没受过伤，也不会再受伤。那是一颗与年龄无关的纯真之心，一颗赤子之心。

思想的本质

　　存在的丰富，思想无论如何都把握不了，哪怕是一件看起来单纯无比的事，比如一朵花。相对于一朵花的真相而言，思想的真相其实更简单。也就是说，究其本质，思想比一朵花简单太多了，无论思想的内容看起来如何多样乃至复杂庞大。思想只不过是已经湮灭了的过去留存到现在的抽象片段，它陈旧，僵死，破碎，局限。而一朵花所在的生命本身，丰富旖旎，灵动鲜活，浩瀚无边。

　　有了时间才有存在感，没错，那是思想认为的以及需要的存在感，思想就是通过时间在确认存在感。真正活在此时此刻，就不会有时间感，也没有思想的容身之地。

　　一个人只要没有直接看到自我的真相，说的话里总会露出思想的痕迹。跳不出"思想是属于个体的"这个结论，便与真相无缘。我们以为思想是整体生命蓬勃兴旺的保证和助力，但事实也许恰恰相反，整个人类可能最后就毁在思想的手里，那整体上早已越位到天经地义的思想。

　　当明白了思想的局限，明白了自我的虚幻，也就是看清了自我的思想本质，不再有占有欲，也不再有心理上的自他人我之分，每一个人都只是一个生命，而且是一个因被思想深深局限而苦苦挣扎的生命。

　　看清思想与世间苦痛的关系，不再做那一个被思想窒息的生命。

渡

这里的"渡",并不是像配图照片中所示的一艘船或一座桥那样,用来弥合此岸和彼岸之间的距离,或者从此岸跨越到彼岸所需的时间,因为那样的时间和距离皆是幻。

因为此岸和彼岸本没有距离,此岸即是彼岸,在看清的那一瞬间,在错觉或幻象消失的那一刻,真相就在你眼前,就在你脚下,就在你身边。正是因为我们被思想所蒙蔽,深陷心理时间和心理距离,才误以为真相躲在遥远的天边。

只要我们密切而细致地观察,关于内心世界的真相,关于自我和思想的真相,就蕴含在我们的一言一语、一思一想、一举一动当中,并不晦涩,也不抽象,而是生动而又具体。只要你肯,只要你愿意去看。而那超越思想的无法言喻也无法捕捉的浩瀚真相,在自我和思想的真相被揭穿的同时,便可瞬间涌现。

这里的文字只不过提供了一个契机、一种陪伴,在认真审读它们的一字一句的同时,也是在审读我们自己,给内心的真相一丝绽放的空隙,或者一方展现的空间。

爱，源于你永远地离开

2018-11-12

"重要的不是将来，而是现在能不能全身心投入去爱。"

"能够全身心投入去爱的人，是多么幸运以及幸福。"

"嗯，那样的状态本身就是幸福和喜悦的，而不是因为做了什么。"

　　碧蓝的晶莹秋水，倒映着远山与残荷，轻抚着芦苇和垂柳，悦纳着流云跟日影，或波平如镜，或涟漪绮丽。秋风吹出一片绯红、金黄、暗绿，秋日的暖阳趁机点亮了一丛丛五彩缤纷或枫或榆或苇的火炬，让你仿佛置身节日夜晚绚烂的焰火里，却丝毫没有弥漫的硝烟气，只有浸润着树叶和泥土香的甘甜清冽。世界美到让你哪里舍得不全身心投入地去活一次，爱一次。这份爱，没有一个对象，又遍及每一个对象，遍及整个世界，遍及整个生活，遍及整个生命。

　　这份爱，不源于你，更不属于你，恰恰相反，它源于你的不在，你一去不返，永远地离开。

敏感

2018-11-14

　　说起敏感，我们都不陌生，但其实存在两种无论外在表现还是内在实质都大相径庭的敏感。

　　一种就是通常意义上的敏感，也是我们熟悉或者常见的那种敏感，它容易触动我们做出包括多愁善感在内的各种反应，时常会带来痛苦，甚至会引发某些过激反应。这种特质虽以"敏感"冠名，但实则是一种迟钝，是被记忆、经验、观念等思想或意识内容控制的模式顽固的机械化的惯性反应，简单说来就是，思想太过轻车熟路地操纵了我们的感受。

　　而另一种敏感，则是敏锐地感知或者觉察到身心内外发生的一切，同时能够淡定从容、灵活机智地应对，所谓"不以物喜，不以己悲"，那是一种警觉、活跃、饱含着生命力却又非常安静的心灵状态，是一种真正意义上的敏感。只是这种敏感我们无法主动去追求。只有了解并且消除了思想对我们内心世界的掌控和影响，令其回归技术工具的恰当地位，这种真正的敏感才会不请自来。

敏感起来，别让过去阴魂不散

2018-11-15

Don't be haunted by the past, that is, by thought.

过去的经验已死，别让它影响自己的现在，不做那一具被过去附体的僵尸。因为思想对人的消耗，超乎想象。仔细观察，不难发现，越位的思想，也就是意识内容，各种心理记忆，各种应当如何，是如何吸取了你的生命力，让你心力交瘁。大脑这个思考神器，这个神奇的造物，本可让世界繁荣幸福，人类却用它来制造痛苦，受困于其中储存的内容。这个能力非凡的超级工具与人类同时出现，同时又与人类不可分割，它的存在，不知究竟是人类的幸运抑或不幸。

只不过这个困局，并非完全没有出路，只要我们愿意去了解。细致地了解我们的反应过程，了解思想这个东西本身，了解这个困局形成的前因后果和运作的来龙去脉，需要一颗非常敏锐的心，需要孜孜不倦的观察。在这种不懈的观察和了解中，去发现有没有可能摒弃生命的杂质，回归自然的本真，去发现是不是每个人都可以做一个各不相同、精彩纷呈但是同样喜悦的美丽生命。

"玻璃心"

善的标准已经是恶了，但是戴上了善的面具，伪装成了善，所以更具迷惑性。

我们之所以容易接受各种理论，或者各种理论之所以容易入脑，是因为它们跟脑子里已有的东西的实质直接是契合的，所谓趣味相投，沆瀣一气。

所谓"玻璃心"，只不过是思想自保的惯性太过强大。

我们那些看起来特别像是本能的快速反应，只是思想太过轻车熟路地操控了我们的行动。

2018-12-03

　　思想只要在不停活动，我们就在不停权衡利弊，我们对事情的真相就没有真诚的兴趣。我们只想达成，对眼下的真相没有真正去了解的意愿。

　　设定并试图达成一个心理上的理想状态，是在拖延真正需要的改变。

　　真相是需要看到的，不是需要相信的。

　　看到了，看清了，根本不需要相信什么。

　　那么，你能否只是探索，探究真相，却不计回报，不问结果？

归零

只是存在，无需任何辩白。

就像一朵花兀自绽放，不需要任何人喝彩。

而内心一切的存在，最需要的，首先需要的，只是关注，只是了解。

关注／注意力，本身就是一种疗愈，只要不咄咄逼人，只要没有丝毫干预。

What a freedom to say: I don't want A thing from you.

当你可以说：我不想从你那里得到任何东西，那是何等的自由！

一无所求，那是真自由。

自我与自由，不同在。

自我与爱，不同在。

Teach, without being a teacher, like this flower, like these winter leaves.

就像这朵花，就像这些冬叶，教授，但不成为一个老师，心理上。

内心里，永远不做一个老师。

而归零，是生命需要处在的状态，时刻死去，才能时刻重获新生。

Sue 不属于任何人，甚至都不属于她自己。

毕竟自我 / 自己这个东西，本就是一个虚无的存在，何来属于。

有些意义远为重大的事需要去做，完全不基于任何个人需求。

冬已至，春在望。

回忆

2018-12-08

忧伤，无一不是源自过往。

所以说，回忆，是一把伤心的利器。

回忆自带期待属性，它自身就包含了应当如何，或者不该如何，无论那些回忆被称为快乐还是痛苦，美好还是糟糕。

只要它出现在你眼前与现实比对，那就是思想或咄咄逼人、或伪装巧妙的遮挡和干预，把你瞬时拉入一个幻境，然后你就在它的掌控下，喜怒哀乐、忧惧妒、怨恨悔，一路反应到底。

　　而此刻这个瞬间或磅礴浩荡、或细致动人的美丽，只有当记忆褪去，才可能在你眼前绽出灿烂葳蕤。

　　看清这个我们或珍视或排斥的东西，它究竟具有什么样的性质。看清了它，才可能从中解脱，活进真实。

　　偷潜入你内心的记忆，与美，与爱，不同在。

热爱生活

出来晚了，天已是一种清浅但足以沁人心脾、摄人魂魄的蓝。

又过了一会儿，那蓝色浓烈起来，牛郎织女跟天鹅座，还有火星，分外鲜明，连横亘当中的银河，也现出那么一抹透明的乳白色。

清冽的空气，如饴甘甜。

热爱生活，自会对生命负责，会自发地了解自己，不会任由自己的人生莫名其妙地一直受控下去，浑浑噩噩，直至耗尽。

热爱生活，就不会埋怨责怪，因为珍惜眼下每个将会一去不返同时又独一无二的瞬间还来不及，发生的一切，要么是生活的丰厚馈赠，要

2018-12-09

么是了解自己的珍贵契机。

热爱生活，活在世间就像一场寻宝探险之旅，世界上的一切新奇而有趣，那双眼睛永远像个孩子，晶晶亮充满好奇心。

所以说，教育者自身对生活的热爱，已是最好的教育。

毕竟，养育、教育，远不仅仅是供给衣食、传授知识，而是跟孩子一起探索世界，探索自然，了解万事万物之间相互交融的紧密关系，了解自己和周围一切的关系，也就是了解自我，发现知识、思想或者头脑的功用和局限，警惕、排除所有观念的影响，激发对生命、对生活的热爱，探索是否有某种存在超然物外，超越于头脑和思想之外……

"自杀"

2018-12-16

"我想杀死自己"，有没有怀疑过，这里边儿的我和自己实际上是两个东西？

"自杀"，这个词其实非常不准确，下达这个命令做出那个动作的其实是一个念头，也就是思想，而杀死的是一条生命。所以说，通常所说的自杀，实际上是他杀，是思想在杀死生命。

真正需要面对的，或者真正能够解决问题的，不是肉体的死亡，而是我的死亡，思想的死亡。

思想死去，我死去，生命才能活下来。这条命其实不是你的，你都无权处置。它只是生命而已，谁也不属于。我们心理上的我，是个幻觉，是虚幻的，就跟门这个词一样，它的实质跟所有的思想或者念头一样，只是一个概念。所以对于那些念头，不用去对抗它，也不用服从它，只是看着它，了解它，明白它们的虚幻。

你也许觉得它们不是虚幻的，因为它们能够引发强烈而真实的感受，比如痛苦，没错，那些痛苦非常真实，那是我们能够直接体会到的，但是造成痛苦的那些东西本身是不是真实的，就需要质疑了。

那些痛苦不会杀死你，反倒是想通过自杀的方式逃避那些痛苦，才会伤害生命甚至杀害生命。而且你越是怕它，它才越强大。如果觉得很痛苦，试着不去逃避，找一个安全的地方，远离所有可能伤害自己的东西，什么也不想，一头扎进去，看看会怎样。

别让思想耗尽生命

2018-12-21

思想在消耗我们的生命力，或点点滴滴，或暴风骤雨，这是一个真真切切的事实，看到这一点。

各种念头在消耗你，这是一个不争的事实。撕咬你的不就是各种应该？让那些应该去死，出来一个捏死一个。你现在活下去才是重中之重，别再为各种应该纠结了，这种活法早晚会把你折磨光的。这个世界上的绝大部分人都在坑里，干嘛一定要跟他们一起待在坑里？不是说有点反骨吗？让大多数人那种活法去死吧。就像你自己说的，得真正地开始活着了，别再为那些应该、为那些大多数人走的路活着了。记得一点，生命最重要，其他的都得让路，尤其是所有的"应该怎样"。

其实我们的基本生存需要用不了多少钱，很容易就能满足，我们很多时候对于钱的渴望，其实是对于安全感的渴望，对心理安全的渴望，而这种渴求正是心理痛苦最主要的根源。得明白一点，一切都无所谓，也就是说，除了生命，我们所在乎的一切，基本上都没有意义，它们都是思想捆绑的绳索，设下的牢笼。

尤其是我们通常所珍视的那个我，其实只不过是一个想法或者一个概念而已，它才真正的什么都不是，毫无价值。我们总想成为什么，其实就是在掩盖"自己什么都不是"这样一个事实或者真相。

头脑或者思想不甘心不成为什么，让我们活在心理时间里，我们就是心理时间，你就是心理时间，一种虚无。敢于一无所是可不是懦弱，我们怕的恰恰是一无所是，没着没落。

安坐下来，就体会那种没有着落，一头扎进去，不逃，看看能怎样。乱就看着它乱，看着各种念头起，不跟它走。不被它们带走，才能保存精力。不跟它们走，也不用抵抗，看它们起落来去就好。它们引不起后续的反应就失去了力量。看清它们，只有这样，才能还原生命的活力跟美丽。

镜子

Sue 不是什么老师，也永远不做一个老师，她或者"Sue 说"里的话，只是一面镜子。

关于我们内心世界的事实或者真相，存在"有时候看到，有时候看不到"这种情况吗？有时看到，有时没有，一会儿清醒，一会儿糊涂？那我们自以为的清醒或者清醒的时候又是什么？有没有可能是更加自欺欺人的材料，更加难以走出的自欺？

当我们关心是什么妨碍了转变的发生，有没有可能就是这些我们自以为的看到，或者自以为看到的时刻，成为了一个极难逾越的巨大障碍？

同时，我们是不是对观念几乎没有任何敏感度，也没有免疫力？我们天天在用、在说的这些概念、这些话，我们知道究竟是什么，或者是什么意思吗？比如我，比如你就是人类。看看自己说出来的话里有什么不知所云的概念，有那么一点儿警觉或者质疑就会大不一样。也就是说，

2018-12-26'

我们说出来的话或者认同的话，究竟是对自己所见事实的描述，还是只是理论、思想、观念、结论，对这点能不能有点儿敏感度，或者起码质疑一下？捍卫和辩解，真相就永远会躲着你。

还有，这个"总是显得非常正确"的 Sue，确实有可能在胡言乱语、自欺欺人，确实不用相信她说的东西，也不能相信，信了更加看不清。但是，能不能既不相信，也不要一下跳到对立面上去不信，而是，能不能听听这个人说的是不是那么回事？

我们不愿意看这面镜子里显示的，或者我们宁愿把这面镜子打碎也不愿意看，那是谁也没有办法的事儿。

可是我们不知道，我们不愿意在镜子里看到的那个自己，在把镜子打成无数的碎片以后，每一个碎片里都是那个我们不愿意看见的自己，不计其数，阴魂不散。

思想的罗网

2018-12-29

午夜，无论是远处呼啸而过的车声，还是院子里野猫凄厉的叫声，又或者屋子里花花窸窣的跑动声，让夜的静谧显得格外浓烈。

那是一种遍及四野的无边无界。

而促狭的局限，且看思想罗网里的摇摆，挣扎，和表演。

喧嚣的街道，熙攘的人潮，困顿的世间，人们不知为何而奔忙，即使知道，那个答案，也依然在思想的罗网，在劫难逃。

思想成为了生命的权威，是不是很可悲？一离开自己实际的样子，就掉进了陷阱。而一个身处梦境或者幻觉中的人，无论有多么荒诞的想法和做法，都不是空穴来风，都有虚幻堆成的丰厚土壤。

一切的发生看似偶然，实则都是唯一的必然。

而所谓的释然，并不是给自己一个容易接受或者让自己好受的说法或解释，而是真的不再介意，卸下思想的重负，不只是完全不必再回首过去，对今后的发生也同样没有任何觊觎。

也唯有释然，真相才可能显现。

看不见真相，储存的知识就只会是障碍，知识便是罗网。而看清了真相，也就更加不用储存任何知识，因为真相就在那儿，随时可以看清，以及分享。

图书在版编目（CIP）数据

与生命对话 / Sue 著． -- 北京：九州出版社，
2022.11

ISBN 978-7-5225-1444-4

Ⅰ．①与… Ⅱ．①S… Ⅲ．①随笔－作品集－中国－
当代 Ⅳ．① I267.1

中国版本图书馆 CIP 数据核字（2022）第 224720 号

与生命对话

作　　者	Sue 著
责任编辑	李文君
出版发行	九州出版社
地　　址	北京市西城区阜外大街甲 35 号（100037）
发行电话	（010）68992190/3/5/6
网　　址	www.jiuzhoupress.com
印　　刷	北京市房山腾龙印刷厂
开　　本	880 毫米 ×1230 毫米　32 开
印　　张	6.656
字　　数	80 千字
版　　次	2022 年 12 月第 1 版
印　　次	2022 年 12 月第 1 次印刷
书　　号	ISBN 978-7-5225-1444-4
定　　价	68.00 元